識聽廣東話

孔碧儀 編著

萬里機構・萬里書店

識聽廣東話

作者
孔碧儀

示範・錄音
孔碧儀　廖舜禧

編輯
黃雯怡　鄧宇雁

插圖
巫麗詩

封面設計
朱靜

版式設計
辛紅梅　劉葉青

出版
萬里機構・萬里書店
香港鰂魚涌英皇道1065號東達中心1305室
電話：2564 7511　傳真：2565 5539
網址：http://www.wanlibk.com

發行
香港聯合書刊物流有限公司
香港新界大埔汀麗路36號中華商務印刷大廈3字樓
電話：2150 2100　傳真：2407 3062
電郵：info@suplogistics.com.hk

承印
中華商務彩色印刷有限公司

出版日期
二零一五年十月第一次印刷
二零一九年八月第三次印刷

Published in Hong Kong by Wan Li Book Co.,
a division of Wan Li Book Company Limited.
ISBN 978-962-14-5819-3

萬里機構　萬里 Facebook

序

第一次聽懂本地人的廣東話，那份喜悅和成功感，實在難以形容。聽得懂，是學習語言時建立信心的重要一步。

有了《初學廣東話》和《説好廣東話》的基礎，《識聽廣東話》就讓大家通過各種練習，深化所學過的知識，同時更了解香港生活。

每課分成八個部分：

1. 生活情境對話

會話幫助讀者通過不同生活情境和各種人物關係，了解香港人的習慣。

建議學習者先聽會話，聽熟了，再做聽力測試，選定答案abcd。接着翻查每課最後的練習答案和解釋。最後再聽一次會話，鞏固學習。

2. 重點詞彙

介紹廣東話詞語及對應的普通話。

3. 道地表達

介紹特色廣東話用詞和香港文化。

4. 語法講解

介紹獨特廣東話語法，附三、四個例句。

5. 表達能力測試

以選擇題或配對，測試你對廣東話俗語和語法的應用。另有針對因普通話類推而發生的錯誤，通過糾正句子，了解正確的廣東話講法。

6. 發音練習

了解普通話和廣東話的對應關係。

有些普通話裏發音幾乎相同的漢字，在廣東話裏完全不同。而有些漢字，普通話和廣東話幾乎是完全對應的。

通過有針對性的練習，更容易記住正確的發音。

7. 笑笑廣東話

香港生活趣聞。

8. 錯得好有趣

因發音不準而發生誤會的講法，絕對爆笑。

目 錄

序 3

第一課 日常閒談

會話一：出門遇見鄰居 8
會話二：放工遇見朋友 9
會話三：週末碰到鄰居出去吃飯 ... 10
會話四：打電話與朋友閒談 11
會話五：同學在飯堂聊天 12
重點詞彙 13
語法講解 14
表達能力測試 14
發音練習 15
笑笑廣東話 16
錯得好有趣 18
答案 19

第二課 約會

會話一：同事相約吃午飯 23
會話二：約會改期 24
會話三：遲到 25
會話四：通知不能開會 26
重點詞彙 28
道地表達 28
語法講解 29
表達能力測試 30
發音練習 31
笑笑廣東話 32
錯得好有趣 33
答案 34

第三課 消閒

會話一：打球 37
會話二：看電影 38
會話三：聽音樂會 39
會話四：遊南丫島 40
重點詞彙 42
道地表達 43
語法講解 44
表達能力測試 45
發音練習 46
笑笑廣東話 47
錯得好有趣 47
答案 48

第四課 認識新朋友

會話一：派對上自我介紹 52
會話二：談論對香港的感覺 53
會話三：談論感情狀況 55
重點詞彙 57
道地表達 58
表達能力測試 58
發音練習 59
笑笑廣東話 60
錯得好有趣 60
答案 61

第五課 家庭

會話一：兒子出門前跟媽媽對話 ... 65
會話二：談家鄉 ... 66
會話三：談孩子 ... 68
重點詞彙 ... 69
道地表達 ... 70
語法講解 ... 71
表達能力測試 ... 71
發音練習 ... 73
笑笑廣東話 ... 74
錯得好有趣 ... 74
答案 ... 75

第六課 購物

會話一：超市買沐浴露 ... 78
會話二：便利店買杯麵 ... 79
會話三：買汽水 ... 80
會話四：買蘋果 ... 81
會話五：買襯衫 ... 82
重點詞彙 ... 84
道地表達 ... 85
語法講解 ... 86
表達能力測試 ... 86
發音練習 ... 88
笑笑廣東話 ... 89
錯得好有趣 ... 89
答案 ... 90

第七課 點餐

會話一：茶餐廳早餐 ... 94
會話二：茶餐廳午餐 ... 96
會話三：快餐店買外賣 ... 97
會話四：買燒味 ... 99
重點詞彙 ... 100
道地表達 ... 102
語法講解 ... 102
表達能力測試 ... 102
發音練習 ... 104
笑笑廣東話 ... 105
錯得好有趣 ... 105
答案 ... 106

第八課 談食物和環境

會話一：吃麵條 ... 110
會話二：吃點心 ... 112
會話三：酒樓喝茶 ... 114
會話四：選擇小菜 ... 115
會話五：餐廳選座位 ... 117
重點詞彙 ... 119
道地表達 ... 121
表達能力測試 ... 122
發音練習 ... 123
笑笑廣東話 ... 124
錯得好有趣 ... 125
答案 ... 126

第九課　交通

會話一：晚餐後搭車回家 130
會話二：問朋友坐什麼車離開 131
會話三：問路 132
會話四：投訴穿梭巴士服務 133
重點詞彙 135
道地表達 136
語法講解 136
表達能力測試 137
發音練習 138
笑笑廣東話 139
錯得好有趣 140
答案 140

第十課　談論天氣

會話一：好天氣 144
會話二：打風 145
會話三：悶熱 146
會話四：潮濕 147
重點詞彙 148
道地表達 150
語法講解 151
表達能力測試 152
發音練習 153
笑笑廣東話 154
錯得好有趣 154
答案 155

第十一課　健康狀況

會話一：去診所看病 158
會話二：扭傷腳 159
會話三：腰骨痛 161
故事敘述：到醫院探訪 162
重點詞彙 163
道地表達 165
語法講解 165
表達能力測試 166
發音練習 167
笑笑廣東話 168
錯得好有趣 168
答案 169

第十二課　大廈裏的對話

會話一：廢物回收 173
會話二：爸爸催促女兒出門 174
會話三：管理處借電話 175
會話四：訪客 176
會話五：警鐘響 177
會話六：乘電梯 178
重點詞彙 180
道地表達 181
語法講解 182
表達能力測試 183
發音練習 184
笑笑廣東話 185
錯得好有趣 185
答案 186

附錄　詞彙表 189

第一課

日常閒談

Zou² sen⁴ Fan¹ gung¹ a⁴
早晨。返工牙？
早上好。上班去嗎？
Hei⁶ a³ Zou² sen⁴
係呀。早晨。
是的。早上好。

會話一：出門遇見鄰居

0111.mp3

Zou[2] sen[4] Fan[1] gung[1] a[4]

男：早晨。返工牙？

早上好。上班去嗎？

Hei[6] a[3] Zou[2] sen[4]

女：係呀。早晨。

是的。早上好。

Gem[3] an[3] fan[1] gung[1] gé[2]

男：咁晏返工嘅？

怎麼這麼晚上班？

Ngo[5] di[1] fan[1] gung[1] xi[4] gan[3] hou[2] dan[6] xing[3] Ngo[5] zou[6] bou[2] him[2] gé[3]

女：我啲返工時間好彈性。我做保險嘅。

我的上班時間很自由。我做保險的。

Ngo[5] sêng[2] mai[5] ga[1] gêu[1] bou[2] him[2] wo[3] Néi[5] zou[6] m[4] zou[6] ga[3]

男：我想買家居保險喎。你做唔做㗎？

我想買家居保險。你做嗎？

Ngo[5] gung[1] xi[1] med[1] yé[5] dou[1] zou[6] Ni[1] zêng[1] hei[6] ngo[5] kad[1] pin[2]

女：我公司乜嘢都做。呢張係我咭片，

Ngo[5] déi[6] yêg[3] xi[4] gan[3] king[1] ha[5] la[1]

我哋約時間傾吓啦。

Néi[5] med[1] yé[5] xi[4] gan[3] fong[1] bin[6] a[3]

你乜嘢時間方便呀？

我公司什麼保險都做。這是我的名片，

我們約時間談談吧。你什麼時候方便？

Dai[6] ga[1] gag[3] léi[4] lên[4] sé[3] Néi[5] deg[1] han[4] dai[3] di[1] ji[1] liu[2]

男：大家隔籬鄰舍，你得閒帶啲資料

guo[3] léi[4] ngo[5] dou[6] co[5] ha[5] man[6] man[2] king[1] lo[1]

過嚟我度坐吓，慢慢傾囉。

大家是鄰居，你有空就帶資料來我家，

我們坐下來慢慢談吧。

聽力測試

0111(2).mp3

1. 女人出門口去邊度呀？

2. 女人做邊行㗎？
3. 佢哋會傾乜嘢問題呀？

會話二：放工遇見朋友

0112.mp3

Xig6 zo2 fan6 méi6 a3
男：食咗飯未呀？
吃過了嗎？

Xig6 zo2 la3 Néi5 né1
女：食咗喇。你呢？
吃過了。你呢？

Méi6 a3, yi4 ga1 fan1 ug1 kéi2 xig6
男：未呀，而家返屋企食。
還沒，回家再吃。

Bin1 go3 ju2 fan6 a3
女：邊個煮飯呀？
誰做飯？

Ngo5 ma1 mi4 ju2
男：我媽咪煮。
我媽媽做。

Hou2 xin6 mou6 a3 Yeo5 deg1 xig6 ju6 ga1 fan6 zen1 hei6 heng6 fug1
女：好羨慕呀！有得食住家飯真係幸福。
好羨慕！能在家裏吃飯真幸福。

Ngo5 yed1 go3 lei5 bai3 dou1 hei6 deg1 yed1 lêng5 man5 ho2 yi5 hei2 ug1 kéi2 xig6 ga3 za3
男：我一個禮拜都係得一兩晚可以喺屋企食㗎咋。
我一個星期也只有一兩個晚上可以回家吃。

聽力測試

0112(2).mp3

4. 男人喺邊度食飯呀？
5. 邊個煮飯畀佢食呀？
6. 佢有幾何返屋企食飯呀？

會話三：週末碰到鄰居出去吃飯

0113.mp3

Ha1 lou2 Cêd1 gai1 xig6 fan6 a4

男：哈 囉 ！ 出 街 食 飯 牙 ？

你好，出去吃飯嗎？

Hei6 a3 Zé1 zé1 fong3 zo2 ga3 ji6 géi2 fei3 xi6 ju2 la1

女：係 呀 。 姐 姐 放 咗 假 ，自 己 費 事 煮 啦 。

是的。傭人放假，自己懶得做飯。

Cêd1 gai1 xig6 med1 yé5 a3

男：出 街 食 乜 嘢 呀 ？

出去吃什麼？

Séng4 ga1 yen4 dou1 hei6 hêu3 yem2 ca4 ga3 la1

女：成 家 人 都 係 去 飲 茶 㗎 啦 。

一家人一般都是去飲茶吃點心。

Fu6 gen6 gan1 zeo2 leo4 hou2 nan4 wen2 wei2 ga3 wo3

男：附 近 間 酒 樓 好 難 搵 位 㗎 喎 。

附近的酒樓很難找位子。

Ngo5 déi6 déng6 zo2 toi2 mou5 men6 tei4 gé3

女：我 哋 訂 咗 枱 ，冇 問 題 嘅 。

我們訂了桌，沒問題的。

Yeo5 deg1 déng6 toi2 gem3 hou2 ga4

男：有 得 訂 枱 咁 好 㗎 ？

Ngo5 hou2 xiu2 hêu3 m4 ji1 tim1

我 好 少 去 ，唔 知 添 。

可以訂桌那麼好？我很少去，不知道。

Ngo5 a3 yé4 co5 lên4 yi2

女：我 阿 爺 坐 輪 椅 ，

yiu3 go3 wei2 fong1 bin6 têu1 cêd1 têu1 yeb6 gé3

要 個 位 方 便 推 出 推 入 嘅 。

我爺爺坐輪椅，要方便推進推出的位置。

Ngo5 jig6 jib3 da2 béi2 ging1 léi5

我 直 接 打 畀 經 理 ，

giu3 kêu5 leo4 zêng1 hou2 di1 gé3 toi2 béi2 ngo5 déi6 ga3

叫 佢 留 張 好 啲 嘅 枱 畀 我 哋 㗎 。

我直接打電話給經理，叫他給我們留一張好的桌子。

聽力測試 0113(2).mp3

7. 佢哋點解一家人出街食飯呀？
8. 佢打算食乜嘢呀？
9. 佢哋一家去邊度食嘢？

會話四：打電話與朋友閒談

0114.mp3

Wei2 A3 Men4 hou2 noi6 mou5 gin3
玲：喂？阿文，好耐冇見。
Dim2 a3 Gen6 pai2 mong4 m4 mong4 a3
點呀？近排忙唔忙呀？
阿文，很久不見。你怎麼樣？最近忙嗎？

Mong4 dou3 din1 zo2 Man5 man5 seo1 gung1 gui6 dou3 m4 xig1 yug1
文：忙到癲咗。晚晚收工攰到唔識郁。
忙得快瘋了。每晚下班累得不會動。

Ting1 yed6 fong3 ga3 yeo5 mé1 zou6 a3
玲：聽日放假有咩做呀？
明天放假做什麼？

Mou5 a3 fen3 can1 bao2 bou2 fan1 xin1 gong2
文：冇呀，瞓餐飽補番先講。
沒有，先睡飽補充好體力再說。

Gem2 néi5 né1 Zêu3 gen6 gao2 gen2 mé1 a3
咁你呢？最近搞緊咩呀？
那你呢？最近做什麼？

Mou5 mé1 a3 Dou1 hei6 gem3 sêng6 ha2 la1
玲：冇咩呀。都係咁上下啦。
Deg1 han4 mei6 hang4 ha5 gai1 lo1
得閒咪行吓街囉。
沒什麼。日子過得差不多。有空就逛逛街。

Ngo5 hou2 pa3 ced1 gai1 tung4 yen4 big1
文：我好怕出街同人逼。
我不想上街，怕擠。

Deg1 han4 wen2 néi5 yem2 ca4 la1 Bai1 bai3
得 閒 搵 你 飲 茶 啦 。 拜 拜 。
有空找你見面。再見。

聽力測試 0114(2).mp3

10. 阿文最近點呀？
11. 阿文聽日點樣過呀？
12. 阿玲得閒會做乜呀？

會話五：同學在飯堂聊天 0115.mp3

Wei3 Fai3 di1 xig6 mai4 di1 yé5 la1
女 ： 喂 ！ 快 啲 食 埋 啲 嘢 啦 ！
Néi5 géi2 dim2 sêng5 tong4 a3
你 幾 點 上 堂 呀 ？
快點吃完飯吧。你幾點上課？

Ngo5 deng2 zen6 dim2 bun3 zung1 sêng5 tong4 Yi4 ga1 géi2 dim2 la3
男 ： 我 等 陣 點 半 鐘 上 堂 。 而 家 幾 點 喇 ？
我等會兒一點半上課。現在幾點了？

Yed1 dim2 dab6 yi6 ga3 la3
女 ： 一 點 踏 二 喍 喇 。
現在一點十分了。

Ngo5 xig6 yun4 la3 Zou2 di1 hêu3 ban1 fong2 ba3 wei2 xin1
男 ： 我 食 完 喇 。 早 啲 去 班 房 霸 位 先 。
Néi5 né1 gen1 ju6 zou6 mé1 a3
你 呢 ， 跟 住 做 咩 呀 ？
吃完了。我想早點到教室佔個好位子。你呢？
你接下來做什麼？

Ngo5 man6 man2 yem2 mai4 bui1 nai5 ca4 xin1 hang4
女 ： 我 慢 慢 飲 埋 杯 奶 茶 先 行 。
Ngo5 ha6 zeo3 mou5 tong4
我 下 晝 冇 堂 ，

gen^{1} ju^{6} hêu^{3} tou^{4} xu^{1} gun^{2} wen^{1} ha^{5} xu^{1} lo^{1}
跟 住 去 圖 書 館 溫 吓 書 囉 。

我慢慢喝完這杯奶茶才走。我下午沒課，
跟着去圖書館複習。

聽力測試 0115(2).mp3

13. 佢哋跟住去邊度？
14. 男仔點解咁快趕住去上堂？
15. 而家幾多點呀？

重點詞彙

0121.mp3

粵語拼音	粵語	普通話
dan^{6} xing^{3}	彈性	
bou^{2} him^{2}	保險	
ju^{2} fan^{6}	煮飯	做飯
ju^{6} ga^{1} fan^{6}	住家飯	家常菜
heng^{6} fug^{1}	幸福	
gen^{6} pai^{2}	近排	最近一段時間
din^{1}	癲	瘋狂
fen^{3} can^{1} bao^{2}	瞓餐飽	睡飽、睡個夠
bou^{2} fan^{1}	補番	補充好、補償
big^{1}	逼	擠、擁擠
dou^{1} hei^{6} gem^{3} sêng^{6} ha^{2}	都係咁上下	還是差不多、沒變
sêng^{5} tong^{4}	上堂	上課
ban^{1} fong^{2}	班房	教室
tou^{4} xu^{1} gun^{2}	圖書館	
wen^{1} xu^{1}	溫書	複習

語法講解

0131.mp3

mai4
動詞 + (粵) 埋 = (普) 完成剩下的

1

Ngo5 yem2 mai4 bui1 nai5 ca4 xin1 hang4
我飲埋杯奶茶先行。
我喝完剩下的奶茶才走。

2

Zung6 yeo5 xiu2 xiu2 min6 néi5 déi6 xig6 mai4 kêu5 la1
仲有少少麵，你哋食埋佢啦。
還有一些麵條，你們把剩下的吃完吧。

3

Ngo5 mai6 mai4 ni1 di1 zeo6 seo1 dong3 néi5 yiu3 mai4 kêu5 la1
我賣埋呢啲就收檔，你要埋佢啦。
我賣完這些就收拾攤子，你要下它們吧。

4

Tou3 din6 xi6 kég6 zou6 mai4 ni1 go3 lei5 bai3 zeo6 dai6 gid3 gug6
套電視劇做埋呢個禮拜就大結局。
這電視劇，播完這星期就是結局了。

表達能力測試

1. 配對適當回應

我可唔可以申請做會員？	唔好啦
你要唔要膠袋呀？	唔得㗎喎
佢做得好唔好呀？	老實講，唔掂
使唔使叫醒佢？	唔要㗎喇
呢個袋仲有冇用㗎？	唔使喇

2. 填入適當疑問詞

乜嘢　邊度　幾點　幾耐　點樣

a. 食________都冇味

b. 講到________天花龍鳳都係吹水
c. 去到________都搵到的士
d. 約你________都係遲到
e. 用咗________都好似新嘅一樣

3. 哪句是形容有空的？

a. 好日都唔得閒　b. 得閒死唔得閒病　c. 得閒到數手指
d. 冇你咁得閒

4. 時間2：55的常用講法是

a. 兩點五十五　b. 兩點踏十一　c. 差五分三點　d. 二點十一個字

5. 我嘅同學搭咗左面嘅較上六樓嘅課室

以下哪句是用了合適的量詞替代上面句子裏的「嘅」？
a. 我個同學搭咗左面部較上六樓個課室
b. 我班同學搭咗左面隻較上六樓個課室
c. 我位同學搭咗左面架較上六樓間課室
d. 我啲同學搭咗左面台較上六樓間課室

6. 請糾正語法錯誤，講出正確句子

我講嘅廊廊吔

7. 請糾正語法錯誤，講出正確句子

炒啲比較簡單碟餸

發音練習

一、請選出廣東話發音不同的漢字

1.　a. 庇　b. 秘　c. 臂　d. 閉
2.　a. 世　b. 施　c. 師　d. 詩

3. a.豬 b.朱 c.竹 d.珠

二、漢字與發音配對

4.

抱	pao³
爆	bou³
豹	pou⁵
報	bao³

5.

合	wed⁶
河	heb⁶
鶴	hog⁶
核	ho⁴

三、請寫出漢字的廣東話發音

漢語拼音	廣東話拼音	漢字
6. cai		²采彩採綵 ³菜 ⁴才材財裁
7. gang		¹肛缸岡剛崗綱 ²港 ³槓鋼
8. hou		⁴侯喉猴 ⁵厚 ⁶后後候

笑笑廣東話

0141.mp3

1. 港版千頌伊

男人：你成個阿婆咁！咩都唔玩。

女人：有冇搞錯？我同你咁高咁大咋！我係阿婆，你咪係阿伯！
不過你可以叫我「阿姨」，「千頌伊」！（跟住戴番個太陽眼鏡）

註：千頌伊是韓劇《來自星星的你》的女主角名字，由美女全智賢飾演。
廣東話裏姨、伊同音 yi¹。

2. 你唔好牙？

印度瑜伽老師行入課室，用廣東話問一個學員：你好嗎？
學員回應：你唔好牙？
（全班爆笑，老師唔識反應。）
咁樣打擊老師學廣東話嘅努力，好無情呀！

3. 中環返工

每朝喺中環行路趕返公司，都覺得好似有千萬大軍一齊大兵步操，又或者非洲動物大遷徙，都好似三文魚逆流而上，仲好似一池塘人工養的鰻魚在亂跳掙扎。

0151.mp3

錯得好有趣

① 壞人和外人

Yu4 guo2 ngo5 m4 hog6 xig1 gong2 guong2 dung1 wa2
如 果 我 唔 學 識 講 廣 東 話 ，
ngo5 wing5 yun5 dou1 hei6 yed1 go3 wai6 yen4
我 永 遠 都 係 一 個 壞 人 。
外 人 ngoi6 yen4

② 識xig1、食xig6、蝕xid6、死séi2

Xig6 zo2 méi6 a3
有人打招呼問人「食 咗 未 呀？」(其實廣東話應該講「食咗飯未呀？」)
Séi2 zo2 méi6 a3
對方總是聽成「死 咗 未 呀？」這種情況發生得太多，後來他不敢跟人打招呼了。

Hei2 Hêng1 Gong2 xig6 zo2 hou2 do1 peng4 yeo5 hou2 hoi1 sem1
有人說：「喺 香 港 食 咗 好 多 朋 友 ，好 開 心 」。
xig1 zo2 hou2 do1 peng4 yeo5
其實他不是食人族，他想講「識 咗 好 多 朋 友」，認識了很多朋友，識xig1的聲調要誇張地提高。

Ngo5 xid6 zo2 hou2 do1
有人說：「我 蝕 咗 好 多(我虧了大本)」，但他沒有什麼投
Ngo5 xig6 zo2 hou2 do1
資，其實他想講「我 食 咗 好 多」，食xig6的收尾要更短促更硬。

這句錯得好詭異：

Ngo5 zung1 yi3 tung4 séi2 zo2 gé3 Hêng1 Gong2 tung4 hog6 yem2 ca4
我 鍾 意 同 死 咗 嘅 香 港 同 學 飲 茶 。
sug6 zo2 gé3 Hêng1 Gong2 tung4 hog6
其實他想講「熟 咗 嘅 香 港 同 學 」。

想把幾個近似的發音區分出來，試試講：

xig1 xig6 dou3 séi2
識 食 到 死 (非常懂得吃)。

答案

聽力測試

會話一

1. a. 返工 b. 時間好彈性 c. 朝早 d. 晏啲
2. a. 教書 b. 保安 c. 保險 d. 銀行
3. a. 返工做啲乜 b. 隔籬鄰舍係乜嘢人 c. 點樣攞咭片 d. 買家居保險

會話二

4. a. 媽媽煮飯 b. 住家飯 c. 而家食緊飯 d. 屋企
5. a. 住家菜 b. 媽咪 c. 幸福 d. 自己
6. a. 一星期一兩次 b. 兩個星期返一晚 c. 一個禮拜四晚 d. 個個禮拜幾次

會話三

7. a. 姐姐喺屋企 b. 費事自己煮飯 c. 阿爺想出街 d. 姐姐瞓緊覺
8. a. 飲茶食點心 b. 茶餐廳 c. 英式下午茶 d. 肉骨茶
9. a. 成家人都鍾意飲茶 b. 搭車去訂咗位嘅餐廳 c. 屋企附近嘅酒樓 d. 附近冇得訂枱嘅酒樓

會話四

10. a. 非常忙 b. 瞓得太多，唔識郁 c. 癲咗，要睇精神科醫生 d. 都係咁上下，冇咩做
11. a. 瞓醒覺行吓街 b. 得閒就搵朋友飲茶 c. 喺屋企盡情瞓覺 d. 要做嘢，好夜收工
12. a. 搵阿文飲茶 b. 行吓街 c. 出街同人逼 d. 瞓餐飽

會話五

13. a. 一個去課室上堂，一個去圖書館溫書 b. 去霸位，同去飲茶 c. 一個去課室做實驗，一個去溫書 d. 一齊食飯
14. a. 早啲到，早啲走 b. 一陣約咗同學 c. 食完飯冇嘢做 d. 霸位
15. a. 一點踏一 b. 一點十一 c. 一點兩個字 d. 一點十二分

表達能力測試

0161.mp3

1.
我可唔可以申請做會員？（唔得㗎喎）
你要唔要膠袋呀？（唔使喇）
佢做得好唔好呀？（老實講，唔掂）
使唔使叫醒佢？（唔好啦）
呢個袋仲有冇用㗎？（唔要㗎喇）

2.
a. 食乜嘢都冇味
b. 講到點樣天花龍鳳都係吹水
c. 去到邊度都搵到的士
d. 約你幾點都係遲到
e. 用咗幾耐都好似新嘅一樣

3.
a. 好日都唔得閒　沒有一天有空
b. 得閒死唔得閒病　忙得連生病都沒有時間休息
c. 得閒到數手指　空閒得沒事可做，就做無聊的事，比如玩手指
d. 冇你咁得閒　我沒有你那麼空閒去管閒事，意指對方很無聊

4.b

5.a

6. 我講得麻麻哋
普通話裏「的」、「得」同音，所以會犯這種錯誤。

7. 炒啲比較簡單嘅餸
作為修飾語，普通話裏「的」不可換成量詞，必須講「嘅」。
「我的筆」就可以講成「我嘅筆」或者「我支筆」，以量詞代替「嘅」，令語句更多變化。

發音練習 0171.mp3

一、

1. d. 閉 bei^{3}（庇秘臂 béi^{3}）
2. a. 世 sei^{3}（施師詩 xi^{1}）
3. c. 竹 zug^{1}（豬朱珠 ju^{1}）

二、

4. 抱 pou^{5}　爆 bao^{3}　豹 pao^{3}　報 bou^{3}
5. 合 heb^{6}　河 ho^{4}　鶴 hog^{6}　核 wed^{6}

三、

6. 菜 coi　7. 剛 gong　8. 厚 heo

第二課

約會

An3 zeo3 ngo5 déi6 yed1 cei4 hêu3 yem2 ca4
晏 晝 我 哋 一 齊 去 飲 茶 ，
hou2 m4 hou2 a3
好 唔 好 呀 ？
中午我們一起去飲茶(吃點心)好嗎？

Ca1 m4 do1 fong3 xig6 an3 la3 Zung6 méi6 nem2 dou2 xig6 med1 tim1
差 唔 多 放 食 晏 喇 。 仲 未 諗 到 食 乜 添 。
差不多到午膳時間了。還沒想到吃什麼，有點煩惱。

會話一：同事相約吃午飯

0211.mp3

男：
Ca1 m4 do1 fong3 xig6 an3 la3 Zung6 méi6 nem2 dou2 xig6 med1 tim1
差唔多放食晏喇。仲未諗到食乜添。
差不多到午膳時間了。還沒想到吃什麼，有點煩惱。

女：
An3 zeo3 ngo5 déi6 yed1 cei4 hêu3 yem2 ca4 hou2 m4 hou2 a3
晏晝我哋一齊去飲茶，好唔好呀？
中午我們一起去飲茶(吃點心)好嗎？

男：
Hêu3 bin1 gan1 zeo2 leo4 a3
去邊間酒樓呀？
去哪一家酒樓？

女：
Hêu3 fan1 sêng6 go3 xing1 kéi4 go2 dou6 a1 Di1 dim2 sem1 dei2 xig6
去返上個星期果度吖。啲點心抵食。
去上星期去過那家吧。點心很值。

男：
Hou2 ag3 Géi2 dim2 a3
好呃。幾點呀？
好的。幾點？

女：
Seb6 yi6 dim2 geo2 la1 Go2 dou6 mou5 deg1 déng6 toi2
十二點九啦。果度冇得訂枱，
yiu3 zou2 di1 hêu3 lo2 toi2
要早啲去攞枱。
十二點四十五分吧。那裏不能訂桌，要早點去找座位。

男：
Gem2 ngo5 hang4 xin1 yed1 zen6 hei2 zeo2 leo4 deng2 néi5 la1
咁我行先，一陣喺酒樓等你啦。
那我先去，一會兒在酒樓見你。

女：
Hou2 ag3 Néi5 wen2 Deg1 Go1 tung4 néi5 yed1 cei4 hang4 la1
好呃。你搵德哥同你一齊行啦。
好。你找德大哥陪你一起走吧。

Ngo5 sêng2 sên6 bin2 hêu3 ngen4 hong4 gem6 zo2 qin2 xin1
我想順便去銀行撳咗錢先。
我想順便先去銀行櫃員機提款。

男：
Néi5 tei2 ju6 xi4 gan3 a3
你睇住時間呀。
你注意時間呀。

Go2 dou6 yiu3 cei4 yen4 ji3 béi2 ngo5 déi6 yeb6 ga3
果 度 要 齊 人 至 畀 我 哋 入 㗎 。
那邊要人齊才讓我們入場。

聽力測試 0211(2).mp3

1. 佢哋幾點去食晏？
2. 佢哋去邊度飲茶？
3. 佢哋點樣喺酒樓揾位呀？
4. 女人去酒樓前，仲要去邊度呀？

會話二：約會改期 0212.mp3

Geo3 sai3 zung1 la3 wo3 Yed1 go3 yen4 dou1 méi6 gin3 gé2
Michael：夠 晒 鐘 喇 喎 。 一 個 人 都 未 見 嘅 ？
Da2 go3 din6 wa2 men6 ha5 xin1
打 個 電 話 問 吓 先 。
時間到了，怎麼一個人都不見？先打電話問問。

Wei2 a3
喂 ， Sally ， Michael呀 。
Ngo5 hei2 Sei1 Gung3 ba1 xi2 zung2 zam6
我 喺 西 貢 巴 士 總 站 。
喂，Sally，我是Michael。我在西貢的公車終點站。

Néi5 déi6 zou6 mé1 yé5 gem3 qi4 gé2
你 哋 做 咩 嘢 咁 遲 嘅 ？
你們怎麼那麼遲？

Mou5 yen4 tung1 ji1 néi5 mé1 Tai3 do1 yen4 m4 deg1 han4
Sally：冇 人 通 知 你 咩 ？ 太 多 人 唔 得 閒 ，
goi2 zo2 kéi4 a1 ma3
改 咗 期 吖 嘛 。
沒人通知你嗎？太多人沒空，改期了。

Ha2 Goi2 zo2 géi2 xi4 a3
Michael：吓 ？ 改 咗 幾 時 呀 ？
改到什麼時候？

Hou2 qi5 ten3 qi4 zo2 lêng5 go3 lei5 bai3
Sally：好似退遲咗兩個禮拜。
Néi5 bed1 yu4 men6 A3 Guei3 la1 Kêu5 gao2 gé3
你不如問阿貴啦。佢搞嘅，
kêu5 zêu3 qing1 co2
佢最清楚。
好像延後了兩個星期，你不如問阿貴吧。
他搞這次活動的，他最清楚。

Gem2 ngo5 yi4 ga1 dim2 a3
Michael：咁我而家點呀？
那我現在怎辦？

Ngo5 dim2 ji1 néi5 a3
Sally：我點知你呀？
我怎麼知道？

聽力測試

0212(2).mp3

5. Michael而家喺邊度呀？
6. 點解冇其他人嚟呀？
7. Michael點搵到Sally㗎？
8. 邊個知道佢哋約咗幾時去西貢呀？

會話三：遲到

0213.mp3

Yeo5 mou5 gao2 co3 a3 Yeo6 qi4 dai6 dou3
女：有冇搞錯呀？又遲大到。
Néi5 tei2 ha5 go3 zung1 seb6 yed1 dim2 la3
你睇吓個鐘，十一點喇！
Yêg3 zo2 néi5 géi2 dim2 ga3
約咗你幾點㗎？
真過分！又遲到那麼多！
你看看時鐘，十一點了！約了你幾點鐘的？

a3 nao6 zung1 mou5 hêng2
男：Sorry呀，鬧鐘冇響，

Gem[1] jiu[1] yed[1] séng[2] yi[5] ging[1] seb[6] dim[2] log[3]
今 朝 一 醒 已 經 十 點 咯 。
不好意思，鬧鐘沒鬧，今天早上醒來已經十點了。

Seb[6] dim[2] héi[2] sen[1] dou[1] mou[5] léi[5] yeo[4] qi[4] gem[3] do[1] gag[3]
女 ： 十 點 起 身 都 冇 理 由 遲 咁 多 格 ？
十點起床也沒理由遲到那麼多的。

Ngo[5] jig[1] hag[1] féi[1] dig[1] xi[2] guo[3] lei[4] ga[3] la[3]
男 ： 我 即 刻 飛 的 士 過 嚟 㗎 喇 。
我立即坐的士趕過來了。

Dim[2] ji[1] go[3] dig[1] xi[2] lou[2] m[4] xig[1] lou[6]
點 知 個 的 士 佬 唔 識 路 ，
deo[1] zo[2] yeb[6] wang[4] gai[1] seg[1] cé[1]
兜 咗 入 橫 街 塞 車 。
誰知道那個的士司機不認路，拐進了後街遇上塞車。

Deng[2] zo[2] néi[5] gem[3] noi[6] ni[1] can[1] ca[4] néi[5] céng[2] geng[2] la[1]
女 ： 等 咗 你 咁 耐 ， 呢 餐 茶 你 請 梗 啦 。
等了你那麼久，這次你一定要請我喝茶。

Deg[1] deg[1] deg[1] Céng[2] yem[2] ca[4] xiu[2] xi[6] la[1]
男 ： 得 得 得 。 請 飲 茶 ， 小 事 啦 。
成。 請飲茶，小事兒，沒問題。

聽力測試 0213(2).mp3

9. 點解男人十點先醒？
10. 佢點樣趕過嚟？
11. 佢點解搭車嚟要咁耐呀？
12. 女仔要男仔做乜嘢，補償佢等咗咁耐呀？

會話四：通知不能開會

0214.mp3

Wei[2] ngo[5] hei[6] a[3]
Peter： 喂Connie ， 我 係Peter呀 。
M[4] hou[2] yi[3] xi[1] cou[4] séng[2] néi[5]
唔 好 意 思 ， 嘈 醒 你 。
喂Connie，我是Peter。不好意思，把你吵醒。

M4 gen2 yiu3 ngo5 séng2 zo2 ga3 la3 Mé1 xi6 a3
Connie：唔緊要，我醒咗㗎喇。咩事呀？
沒關係，我已經醒了。什麼事？

Dêu3 m4 ju6 ngo5 lem4 xi4 yeo5 xi6
Peter：對唔住，我臨時有事，
gem1 jiu1 go3 wui2 m4 lei4 deg1
今朝個會唔嚟得。
對不起，我臨時有事，今早的會議不能來。

Wei Go3 wui2 ngo5 déi6 yen4
Connie：喂！個會我哋team人present，
這個會，我們一組人做報告，

néi5 hei6 ju2 gog3 lei4 ga3 wo3 Néi5 m4 lei4 deg1
你係主角嚟㗎喎。你唔嚟得？！
你是主角。你不能來？

Fad3 seng1 mé1 xi6 a3 Fong1 m4 fong1 bin6 gong2 ngo5 ji1
發生咩事呀？方唔方便講我知？
發生什麼事呀？方便告訴我嗎？

Hei6 gem2 gé2 ngo5 lou5 po4 ded6 yin4 yiu3 sang1
Peter：係咁嘅，我老婆突然要生……
是這樣的，我太太突然要生孩子……
（有另一通電話打進來……）

Gem3 ngam1 yeo5 din6 wa2 yeb6
Connie：咁啱有電話入。
M4 hou2 yi3 xi1 néi5 deng2 yed1 deng2 m4 hou2 seo1 xin3 ju6
唔好意思，你等一等，唔好收線住。
剛有電話打進來。不好意思，你等一下，先別掛電話。

Ngo5 zoi3 da2 guo3 béi2 néi5 la1 Ngo5 hei2 yi1 yun2
Peter：我再打過畀你啦。我喺醫院，
m4 fong1 bin6 ju6 go3 din6 wa2
唔方便hold住個電話。
我再打電話給你。我在醫院，不方便拿着電話太久。

聽力測試 0214(2).mp3

13. Peter點解晨早打電話畀Connie呀？

14. Peter 唔開會，點解 Connie 咁緊張？
15. Connie 要聽另一個電話，點解 Peter 唔肯等一等？

重點詞彙

0221.mp3

粵語拼音	粵語	普通話
ngen4 hong4	銀行	
gem6 qin2	撳錢	從銀行櫃員機提款
cei4 yen4	齊人	所有人都來到
geo3 zung1	夠鐘	時間到
ba1 xi2 zung2 zam6	巴士總站	公共汽車終點站
tung1 ji1	通知	
goi2 kéi4	改期	
ten3 qi4	退遲	延遲
qing1 co2	清楚	
nao6 zung1	鬧鐘	
hêng2	響	
séng2	醒	
deo1	兜	拐彎、兜圈
wang4 gai1	橫街	小路
ju2 gog3	主角	
fad3 seng1	發生	
lou5 po4	老婆	
ded6 yin4	突然	
seo1 xin3	收線	掛斷電話

道地表達

0231.mp3

一、退 ten3 的用法

ten3 qi4 lêng5 go3 xing1 kéi4
例：退 遲 兩 個 星 期　延後兩星期

ten^{3} heo^{6} hêng^{3} heo^{6} ten^{3} yed^{1} bou^{6}
退 後 、向 後 退 一 步

ten^{3} fan^{1} di^{1} qin^{2} béi^{2} néi^{5}
退 番 啲 錢 畀 你 慢慢把錢退還給你

ten^{3} di^{1} xi^{4} gan^{3} cêd^{1} lei^{4} bou^{2} fo^{3}
退 啲 時 間 出 嚟 補 課 讓出一點時間來補課

二、唔駛問阿貴

「唔駛問阿貴」是廣東話歇後語，意思是「一定是這樣，答案很明顯」。
例：唔使問阿貴，一定係佢偷咗啲嘢。

三、夾雜英語量詞

一team人 一組人、一個團隊
一pack士多啤梨 一盒草莓
一mug米 一杯米

四、present是presentation的縮短講法，解作做口頭報告。

其他縮短講法例子：
tutor = tutorial 導修課
in = interview 面試
secur（實Q）= security guard 保安員
戴con = contact lens 隱形眼鏡
手勢好pro = professional 專業

語法講解

0241.mp3

一、動詞 + 粵 梗 (geng^{2}) = 普 一定、固定

Ni^{1} can^{1} fan^{6} néi^{5} céng^{2} geng^{2} la^{1}
1. 呢 餐 飯 你 請 梗 啦 。
你一定要請我吃這頓飯。

Dêu3 seo2 gem3 yêg6 ngo5 déi6 yéng4 geng2
2. 對手咁弱，我哋贏梗。
對手那麼弱，我們一定贏。

Sen1 fu2 dou3 eo2 bag6 pou5 yi5 wei4 ji6 géi2 séi2 geng2
3. 辛苦到嘔白泡，以為自己死梗。
辛苦得口吐白沫，以為自己死定了。

Ga3 géi1 geng2 yed1 go3 wei2
4. 架機 set 梗一個位。
把這台機器固定放在一個位置。

二、粵 唔好（m4 hou2）+ 動詞 + 粵 住（ju6）= 暫時不要做

Néi5 m4 hou2 seo1 xin3 ju6
1. 你唔好收線住。
你先別掛線。

M4 hou2 zeo2 ju6 la1 zung6 yeo5 hou2 do1 yé5 wan2
2. 唔好走住啦，仲有好多嘢玩。
你不要走，還有很多好玩的。

Néi5 m4 hou2 neo1 ju6 téng1 ngo5 gai2 xig1 xin1
3. 你唔好嬲住，聽我解釋先。
你別生氣，先聽我解釋。

Néi5 m4 hou2 fen3 ju6 pui4 ngo5 king1 ha5 gei2 la1
4. 你唔好瞓住，陪我傾吓偈啦。
你不要睡，陪我聊聊天吧。

表達能力測試

1. 哪句不是等了很久的常用說法？

a. 等到頸都長　b. 等到蚊瞓啦
c. 等到發吽毛　d. 等到無厘頭

2. 填空

唔好意思　好冇意思　小小意思　唔好意頭

a. 佢咁客氣，搞到我________。
b. 新年講嘢死死聲，________。
c. 成日麻煩你，呢度有啲手信，________。
d. 日日無無聊聊，________。

3.「搞錯」的否定講法是

a. 冇搞錯　b. 未搞錯　c. 搞唔錯　d. 唔搞錯

4. 哪句不是廣東話常用講法？

a. 有冇搞錯呀？你太過分喇。
b. 奶茶都搞得錯變檸茶？
c. 我冇搞錯，答案係B唔係D。
d. 係唔係搞咗錯呀？咁都得？

5.「升呢」的意思是

a. 這個向上升　b. 升職了嗎？　c. 升級　d. 一公升汽水

6. 請糾正語法錯誤，講出正確句子

我星期日冇得閒

7. 請糾正語法錯誤，講出正確句子

佢仲冇起身

發音練習

一、請選出廣東話發音不同的漢字

1.　a. 妃　b. 廢　c. 飛　d. 非
2.　a. 電　b. 殿　c. 店　d. 澱

3. a.程 b.成 c.乘 d.承

二、漢字與發音配對

4.

基	jig[1]
急	géi[1]
即	ceb[1]
輯	geb[1]

5.

火	wud[6]
和	wag[6]
或	fo[2]
活	wo[4]

三、請寫出漢字的廣東話發音

漢語拼音	廣東話拼音	漢字
6. long		[4]隆龍嚨朧瓏籠聾 [5]壟攏
7. zhang		[1]章彰樟璋張 [2]長掌 [3]帳脹漲障 [6]丈仗杖
8. tao		[1]滔 [2]討 [3]套 [4]桃逃掏淘萄陶濤

笑笑廣東話

0251.mp3

1.開生日會

阿媽對仔女講：你兩個唔好掛住玩，快啲換好校服返學啦。媽咪今日要開會，唔可以遲到呀！

女：媽咪，你要開會呀？你要開乜嘢會呀？

仔：媽咪，你返工要開生日會呀？

2. 送花

有個男人情人節送99枝玫瑰花畀阿女，搞到屋企花樽、水桶都插晒花。媽咪對阿女講：呢個男人癲㗎！唔好揀佢！

3. 小朋友和老師的對話

補習小朋友：我地幾時落堂呀？
補習姐姐：你坐正先，唔好玩舊擦膠啦。我知你而家好攰，一定好想快啲落堂可以去玩。我理解嘅。但你自己諗下點解我要你一次又一次默書呀？
我好得閒咩？我係想你識寫啲字呀。你遲啲大個咗，想寫「蘑菇」兩個字都唔識，到時後悔就遲啦。我係為你好呀！
小朋友：咁幾時落堂喞？

0251(2).mp3

錯得好有趣

①我**遊行** yeo⁴ heng⁴ 去曼谷參加以**打機** géi¹ 販賣婦女兒童為主題嘅團體。

有幸 yeo⁵ heng⁶　　打擊 gig¹

②佢係一個**有柱** qu⁵ 嘅女仔。

有趣 cêu³

答案

聽力測試

會話一

1. a. 十二點半　b. 十二點踏九　c. 點幾鐘　d. 十一點九
2. a. 唔抵食嘅酒樓　b. 上星期去過嘅酒樓　c. 可以訂枱嘅酒樓　d. 點心好多嘅酒樓
3. a. 打電話訂枱　b. 叫人去霸位　c. 全部人直接去酒樓攞枱　d. 搵德哥攞枱
4. a. 去地鐵站撳錢　b. 同德哥一齊行吓　c. 順便去銀行入支票　d. 去銀行撳錢

會話二

5. a. 西貢嘅巴士站　b. 西貢碼頭　c. 西灣河巴士站　d. 屋企
6. a. 退遲咗兩個鐘頭集合　b. 約會改咗期　c. 兩個禮拜前取消咗　d. 全部人遲到
7. a. 喺西貢巴士站等　b. 睇電郵　c. 打電話　d. 去到Sally屋企
8. a. 阿貴　b.Michael　c.Sally　d. 搵鬼知

會話三

9. a. 佢想瞓到自然醒　b. 鬧鐘冇響到，唔知醒　c. 慣咗約人就要遲到　d. 早起身會頭暈
10. a. 飛過嚟　b. 兜入橫街跑過嚟　c. 搭的士　d. 搵一個識路嘅司機
11. a. 附近都好塞車　b. 的士司機兜路　c. 的士司機扮唔識路，要男人帶路　d. 的士司機行錯咗入塞車嘅橫街
12. a. 請佢飲一餐茶　b. 請佢飲下午茶　c. 畀佢打　d. 請佢飲一杯茶

會話四

13. a. 通知Connie，佢唔嚟得開會　b.Peter 老婆生仔，要Connie去醫院幫手　c.Peter 突然病咗入醫院　d.Peter 朝朝都嘈醒Connie
14. a.Peter 係大老闆，冇佢唔使開會　b. 因為今日個會由Peter主持　c.Peter 係電影男主角　d. 因為佢哋今日一齊present
15. a. 佢喺醫院見緊醫生　b. 佢喺醫院，唔方便講好耐電話　c.Peter 有電話入　d.Peter 老婆即刻要生仔

表達能力測試

0261.mp3

1.

a. 等到頸都長　因為等候時拉長脖子張望

b. 等到蚊瞓啦　蚊子都睡覺

c. 等到發吰毛　長期不動，發霉了

d. 等到無厘頭

2.

a. 佢咁客氣，搞到我唔好意思。

b. 新年講嘢死死聲，唔好意頭。

c. 成日麻煩你，呢度有啲手信，小小意思。

d. 日日無無聊聊，好冇意思。

3.a

4.d（正確講法：係唔係搞錯咗呀？）

5.c 升呢 xing^{1} lé^{1}（upgrade 水平提升）。「呢」是 level 層次。
另一用例：唔同呢 m^{4} tung^{4} lé^{1}（不同層次）

6.我星期日唔得閒，或我星期日冇時間。
得閒是一個形容詞，否定時在前面加「唔」，用法跟普通話裏「沒空」不相同。

7.佢仲未起身
「仲冇」是錯誤直譯普通話「還沒有」。

發音練習

0271.mp3

一、

1. b. 廢 fei^{3}（妃飛非 féi^{1}）

2. c. 店 dim^{3}（電殿澱 din^{6}）

3. a. 程 qing^{4}（成乘承 xing^{4}）

二、

4. 即 jig^{1}　基 géi^{1}　急 geb^{1}　級 keb^{1}

5. 火 fo^{2}　和 wo^{4}　或 wag^{6}　活 wud^{6}

三、

6. 龍 lung　7. 丈 zêng　8. 桃 tou

第三課

消閒

Yeo5 mou5 hing3 cêu3 da2 yu5 mou4 keo4 a3
有冇興趣打羽毛球呀？
有興趣打羽毛球嗎？
Hou2 ag3 géi2 xi4 a3
好呃，幾時呀？
好，什麼時候？

會話一：打球

0311.mp3

Yeo⁵ mou⁵ hing³ cêu³ da² yu⁵ mou⁴ keo⁴ a³
男：有冇興趣打羽毛球呀？
有興趣打羽毛球嗎？

Ngo⁵ zung¹ yi³ da² yu⁵ mou⁴ keo⁴ dan⁶ hei⁶ hou² nan⁴ cêng⁴
女：我鍾意打羽毛球，但係好難book場。
我喜歡打羽毛球，但是很難訂場。

Ngo⁵ hei² ug¹ kéi² wui⁶ so² zo² cêng⁴ lei⁴ m⁴ lei⁴ da²
男：我喺屋企會所book咗場，嚟唔嚟打？
我在家的會所訂了場。你要來嗎？

Hou² ag³ géi² xi⁴ a³
女：好呃，幾時呀？
好，什麼時候？

Ni¹ go³ xing¹ kéi⁴ lug⁶ sêng⁶ zeo³ seb⁶ dim²
男：呢個星期六上晝十點。
這星期六上午十點。

Dim² deng² a³
女：點等呀？
怎麼碰面？

Dou³ xi⁴ hei² wui⁶ so² dai⁶ mun⁴ heo² deng² zo² xin¹
男：到時喺會所大門口等咗先。
到時候先在會所正門見。

Zung⁶ yeo⁵ ngo⁵ biu² go¹ dou¹ lei⁴
仲有我表哥都嚟。
Néi⁵ déi⁶ gin³ guo³ ga³ la¹
你哋見過㗎啦。
還有我的表哥也會來。你們見過面的。

Sêng⁶ qi³ hêu³ hang⁴ san¹ gin³ guo³ la³
女：上次去行山見過喇。
Gem² da² yun⁴ bo¹ zung⁶ yeo⁵ mou⁵ jid³ mug⁶ a³
咁打完波仲有冇節目呀？
上次爬山見過了。打球後做什麼？

Da[2] yun[4] bo[1] zeo[6] sêng[5] lei[4] ngo[5] dou[6] co[5] ha[5]

男：打完波就上嚟我度坐吓，

wag[6] zé[2] hoi[1] toi[2] la[1]

或者開枱啦！

打球後來我家坐一會，也可以打麻將。

Ga[1] mai[4] ngo[5] lou[5] po[4] ngam[1]ngam[1]hou[2] geo[3] gêg[3]

加埋我老婆，啱啱好夠腳。

加上我太太，剛好夠麻將搭子。

聽力測試 0311(2).mp3

1. 佢哋約埋打乜嘢波呀？
2. 佢哋喺邊度見呀？
3. 打完波做乜嘢呀？
4. 女人見過表哥未㗎？

會話二：看電影

0312.mp3

Gem[1]man[5] yed[1] cei[4] hêu[3] tei[2] héi[3] lo[3]

男：今晚一齊去睇戲囉！

今晚一起去看電影，怎麼樣？

M[4] deg[1] a[3] Yiu[3] cêd[1] ting[1] jiu[1] yed[1] zou[2] sêng[5] géi[1]

女：唔得呀。要出 trip，聽朝一早上機，

不可以。我要出差，明天一早上飛機，

Ngo[5]heng[4] léi[5] dou[1] méi[6] zeb[1] a[3] Deng[2]ngo[5] fan[1] lei[4] zoi[3] yêg[3] la[1]

我行李都未執呀！等我返嚟再約啦。

我連行李都還沒收拾。你等我回來再約吧。

Géi[2] xi[4] fan[1] a[3]

男：幾時返呀？

什麼時候回來？

Xing[1] kéi[4] sam[1] man[5] fan[1] Tou[3] héi[3] mou[5]gem[3] fai[3] log[6] wa[2] gua[3]

女：星期三晚返。套戲冇咁快落畫啩。

星期三晚上回來。電影沒那麼快就停映吧。

Xing[1] kéi[4] yed[6] deg[1] m[4] deg[1] han[4] hêu[3] tei[2] a[3]
男 ： 星期日得唔得閒去睇呀？
星期日有空去看嗎？

Ngo[5] zen[1] hei[6] hou[2] sêng[2] néi[5] pui[4] ngo[5] tei[2] ni[1] tou[3] héi[3]
我真係好想你陪我睇呢套戲。
我真的很想你陪我看這齣電影。

Ngo[5] go[2] yed[6] bun[2] loi[4] yêg[3] zo[2] sei[3] mui[2]
女 ： 我果日本來約咗細妹……
我那天本來約了妹妹。

Giu[3] mai[4] néi[5] sei[3] mui[2] yed[1] cei[4] tei[2] lo[1]
男 ： 叫埋你細妹一齊睇囉。
叫你妹妹也一起來吧。

Hou[2] la[1] Ngo[5] men[6] ha[5] kêu[5] la[1]
女 ： 好啦。我問吓佢啦。
好，我問問她吧。

聽力測試 0312(2).mp3

5. 男人想今晚做乜嘢呀？
6. 女人幾時出差？
7. 佢哋幾時去睇戲呀？

會話三：聽音樂會 0313.mp3

Lo[2] dou[2] yem[1] ngog[6] wui[2] min[5] fei[3] féi[1] yed[1] cei[4] hêu[3] téng[1] lo[3]
女 ： 攞到音樂會免費飛，一齊去聽囉。
拿到音樂會的免費門票，一起去聽吧。

Gem[3] sên[2] gé[2] Do[1] zé[6] sai[3] Bin[1] man[5] ga[3]
男 ： 咁筍嘅？多謝晒。邊晚㗎？
怎麼有這樣好的東西？謝謝！哪一天的？

Bad[3] yud[6] sam[1] seb[6] hou[6] hei[2] Men[4] Fa[3] Zung[1] Sem[1]
女 ： 八月三十號，喺文化中心。

Lou[5] sei[3] xing[2] ngo[5] gé[3]
老 細 醒 我 嘅 。
八月三十號，在文化中心。是老闆優待我，送我的。

Néi[5] yeo[5] géi[2] do[1] zêng[1] féi[1] a[3]
男 ： 你 有 幾 多 張 飛 呀 ？
Ngo[5] sêng[2] dai[3] do[1] lêng[5] go[3] peng[4] yeo[5] lei[4] deg[1] m[4] deg[1] a[3]
我 想 帶 多 兩 個 朋 友 嚟 得 唔 得 呀 ？
你有幾張票？我想多帶兩個朋友來，可以嗎？

gua[3] Ngo[5] men[6] lou[5] sei[3] lo[2] do[1] lêng[5] zêng[1] féi[1]
女 ： OK 啩 。 我 問 老 細 攞 多 兩 張 飛 。
Kêu[5] yeo[5] dai[6] ba[2] féi[1]
佢 有 大 把 飛 。
可以吧，我問老闆多拿兩張票。他有很多票。

Dim[2] gai[2] néi[5] lou[5] ban[2] yeo[5] gem[3] do[1] féi[1] gé[2]
男 ： 點 解 你 老 闆 有 咁 多 飛 嘅 ？
怎麼你的老闆有那麼多票？

Ngo[5] déi[6] gung[1] xi[1] hei[6] zan[3] zo[6] lei[4] ga[1] ma[3]
女 ： 我 哋 公 司 係 贊 助 嚟 㗎 嘛 。
我們公司是贊助商。

聽力測試 0313(2).mp3

8. 音樂會喺幾時？
9. 女人點解會攞到免費飛？
10. 佢哋幾多人一齊去聽音樂會呀？
11. 點解老細有好多音樂會飛？

會話四：遊南丫島

0314.mp3

Qin[4] géi[2] yed[6] wa[6] hêu[3] Cêng[4] Zeo[1]
男 ： 前 幾 日 話 去 長 洲 ？
Dim[2] gai[2] gen[1] ju[6] mou[5] sai[3] ha[6] men[4] gé[2]
點 解 跟 住 冇 晒 下 文 嘅 ？
前幾天不是說去長洲島嗎？怎麼沒了消息？

Ngo5 déi6 goi2 zo2 ting1 yed6 hêu3 Nam4 A1 Dou2 la3

女：我哋改咗聽日去南丫島喇。

我們改了明天去南丫島旅行。

Nam4 A1 Dou2 yeo5 lêng5 bin1 ma5 teo4

男：南丫島有兩邊碼頭，

ngo5 déi6 hêu3 Yung4 Xu6 Wan1 ding6 Sog3 Gu2 Wan1

我哋去榕樹灣定索罟灣？

南丫島有兩個碼頭，我們去榕樹灣還是索罟灣？

Ngo5 déi6 da2 xun3 yeo4 Yung4 Xu6 Wan1 hang4 dou3

女：我哋打算由榕樹灣行到

Sog3 Gu2 Wan1 xig6 hoi2 xin1

索罟灣食海鮮。

我們打算從榕樹灣走到索罟灣吃海鮮。

Nam4 A1 Dou2 zung6 yeo5 med1 yé5 wan2 a3

男：南丫島仲有乜嘢玩呀？

南丫島還有甚麼好玩？

Dai3 di1 sei3 lou6 hêu3 sa1 tan1 wan2 ha5 sêu2

女：帶啲細路去沙灘玩吓水，

xig6 deo6 fu6 fa1 la1

食豆腐花啦。

帶孩子去海灘玩玩水，吃豆腐花。

Yeo5 mou5 xun4 kéi4 biu2 Dab3 bin1 ban1 xun4 yeb6 hêu3-2

男：有冇船期表？搭邊班船入去？

有船期表嗎？坐哪一班船去？

Geo2 dim2 xun4 Zên2 xi4 bad3 dim2 geo2

女：九點船。準時八點九

hei2 Zung1 Wan4 Ma5 Teo4 zab6 heb6 Qin1 kéi4 m4 hou2 qi4 dou3

喺中環碼頭集合。千祈唔好遲到！

坐九點的船。準時8：45在中環碼頭集合。千萬不要遲到！

Zeo2 zo2 yed1 ban1 xun4 yiu3 deng2 séng4 dai6 bun3 go3 zung1 ga3

走咗一班船要等成大半個鐘㗎。

錯過了船，要等大半個鐘。

聽力測試 0314(2).mp3

12. 佢哋搭船去邊個碼頭呀？
13. 幾耐一班船㗎？
14. 佢哋幾點喺中環上船呀？
15. 佢哋喺南丫島唔會做乜嘢呀？

重點詞彙 0321.mp3

粵語拼音	粵語	普通話
hing3 cêu3	興趣	
da2 yu5 mou4 keo4	打羽毛球	
wui6 so2	會所	
dou3 xi4	到時	到時候
biu2 go1	表哥	
jid3 mug6	節目	
hoi1 toi2	開枱	打麻將
sêng5 géi1	上機	上飛機
zeb1 heng4 léi5	執行李	收拾行李
log6 wa2	落畫	電影下檔
sei3 mui2	細妹	妹妹
yem1 ngog6 wui2	音樂會	
min5 fei3	免費	
sên2	筍	優惠
Men4 Fa3 Zung1 Sem1	文化中心	
lou5 sei3 / lou5 ban2	老細/老闆	老闆
xing2	醒	私下給好處
zan3 zo6	贊助	
mou5 sai3 ha6 men4	冇晒下文	接下來就沒有了消息
Nam4 A1 Dou2	南丫島	
Yung4 Xu6 Wan1	榕樹灣	

粵語拼音	粵語	普通話
Sog[3] Gu[2] Wan[1]	索罟灣	
sei[3] lou[6]	細路	孩子
deo[6] fu[6] fa[1]	豆腐花	
xun[4] kéi[4] biu[2]	船期表	
zab[6] heb[6]	集合	
qin[1] kéi[4]	千祈	千萬

道地表達

0331.mp3

一、開枱 (hoi[1] toi[2])

開枱（打開桌子）是打麻將代詞，也可以是準備桌子吃飯。香港人喜歡打麻將，廣東話是「打麻雀 da[2] ma[4] zêg[3]」，又叫「游乾水 yeo[4] gon[1] sêu[2]」（因洗牌時手的動作像游蛙泳），「砌幾圈 cei[3] géi[2] hün[1]」（砌是把麻將疊起，圈是麻將局數的一種數法）。麻將搭子叫「麻雀腳 ma[4] zêg[3] gêg[3]」

二、筍 (sên[2])

意思是「撿了大便宜、天上掉餡餅、好處非常多」。常用詞有：
筍工 sên[2] gung[1]（好工作）、筍盤 sên[2] sên[2]（優質樓盤）

- 南丫島索罟灣天虹海鮮酒家有免費專船接送，比公共渡輪快。可以在尖沙咀鐘樓對出碼頭、中環9號碼頭或香港仔渡輪碼頭上船。海鮮做得不錯，不過價錢非常貴。
- 南丫島榕樹灣大街39號路口阿婆豆花是南丫島地標，棚架搭成的帳篷下總是人頭湧湧。阿婆用山水做出香滑豆花，只有星期六、日遊人多的日子才必定開檔。平日不定期休息。

一、粵 冇下文 = 普 沒了消息

mou5 ha6 men4

同義：冇聲氣、冇消息

mou5 séng1 héi3 / mou5 xiu1 xig1

1. 講過去長洲玩，跟住冇晒下文。

Gong2 guo3 hêu3 Cêng4 Zeo1 wan2 gen1 ju6 mou5 sai3 ha6 men4

說過去長洲島玩，接下來就沒了消息。

2. 面試in完就冇咗下文。

Min6 xi3 yun4 zeo6 mou5 zo2 ha6 men4

面試interview後就沒了消息。

3. 飲完茶，仲有冇下文？

Yem2 yun4 ca4 zung6 yeo5 mou5 ha6 men4-2

飲茶吃點心後還有其他消遣嗎？

二、粵 千祈 + 唔好／要 = 普 千萬(別／要)、叮囑

qin1 kéi4 m4 hou2 yiu3

1. 千祈唔好遲到！

Qin1 kéi4 m4 hou2 qi4 dou3

千萬不要遲到！

2. 千祈唔好去疫區旅行。

Qin1 kéi4 m4 hou2 hêu3 yig6 kêu1 lêu5 heng4

千萬不要去疫區旅遊。

3. 你千祈要記住！

Néi5 qin1 kéi4 yiu3 géi3 ju6

千萬要記住！

表達能力測試

1. 填空

咗　哂　未　住　開

a. 我哋_____食完晏

b. 佢睇_____電視做功課

c. 訂_____位未呀？

d. 跑_____步，唔跑唔舒服

e. 借完錢畀佢就冇_____影

2. 配對形容方法

漢語拼音	廣東話拼音
醉到	嘰哩咕嚕 gi^4 li^1 gu^4 lu^4
餓到	呯令嘭冷 ping^4 ling^1 pang^4 lang^4
興奮到	勁令轟能 ging^4 ling^1 gueng^4 leng^4
部洗衣機	啤啤夫 pē^1 pē^1 fu^1
啲窗	嗶哩叭啦 bi^1 li^1 ba^1 la^1

3. 選擇適當講法，完成句子

佢妒忌你，你做錯嘢，佢實喺老闆面前_____

a. 煮重你米　b. 擦鞋　c. 照肺　d. 鬥hea

4.「墟冚」的意思是

a. 人山人海　b. 有蓋的市集　c. 心靈空虛　d. 全部買下來

5.「水泡」的意思是

a. 水中有泡沫　b. 注水的枕頭　c. 游泳圈、救生圈　d. 泡在水裏

6. **請糾正語法錯誤，講出正確句子**

唔得再行路

7. **請糾正語法錯誤，講出正確句子**

變得我認唔出嚟

發音練習

一、請選出廣東話發音不同的漢字

1. a. 仇 b. 綢 c. 籌 d. 酬
2. a. 志 b. 智 c. 置 d. 質
3. a. 便 b. 遍 c. 辨 d. 辯

二、漢字與發音配對

4.

角	jud6
決	gog3
絕	küd3
掘	gued6

5.

出	co1
初	cug1
畜	cêu4
除	cêd1

三、請寫出漢字的廣東話發音

漢語拼音	廣東話拼音	漢字
6. tui		1推 2腿 3退蜕 4頹
7. ling		4玲聆鈴零齡凌陵菱綾靈 5領嶺 6令另
8. men		4門們 6悶

笑笑廣東話

0351.mp3

1. 傻瓜相機

媽媽對仔仔講：「呢次去旅遊，我想行李輕鬆啲，淨係帶媽媽嘅傻瓜相機去，好唔好呀？」
仔仔回應：「你個相機唔傻瓜！佢好聰明，一撳個掣就咩都可以影，唔似爸爸嘅大相機，要校呢樣果樣先影得。」

2. 坐枱和戥腳

有日打麻雀，朋友阿輝有事行開半個鐘，叫我去「坐枱 zo^5 toi^2」。阿輝喺外國長大，以為坐枱係 sit at the table，唔知呢個詞嘅意思係夜總會叫小姐陪酒。佢其實想叫我「戥腳 $deng^6$ $gêg^3$」。

0351(2).mp3

錯得好有趣

①音樂會超級**靜** $jing^6$

正 $zéng^3$

②我鍾意武俠小説，朋友勸我唔好睇咁多**鹹書** ham^4 xu^1（色情刊物）。

閒書 han^4 xu^1

③喺屋企睇**鹹劇** ham^4 $kég^6$（色情電影）

韓劇 hon^4 $kég^6$

答案

聽力測試

會話一

1. a. 網球　b. 桌球　c. 羽毛球　d. 籃球
2. a. 會所大門口　b. 星期六上晝十點　c. 仲有表哥一齊嚟
   d. 會所羽毛球場
3. a. 喺會所開枱　b. 上去男人度，開枱食飯
   c. 去第度坐吓，睇電視節目　d. 去男人屋企，或者打麻雀
4. a. 上次打波見過表哥　b. 上次行山已經見過
   c. 可能見過，但係冇印象　d. 未見過表哥

會話二

5. a. 上機　b. 見女朋友　c. 睇戲　d. 陪朋友食飯
6. a. 聽朝出發，星期三晚返嚟　b. 聽日去，星期日返嚟
   c. 星期日去，星期三返嚟　d. 今晚出發，三日之後返
7. a. 出trip番嚟果日　b. 星期三　c. 星期日　d. 約好細妹先知邊日

會話三

8. a. 八月十號　b. 八月三十號　c. 七月三十一號　d. 八月二十號
9. a. 佢有大把老細送飛　b. 抽獎贏到飛　c. 佢識贊助音樂會嘅人
   d. 老闆送畀佢嘅
10. a. 四個人　b. 兩個人　c. 五個人　d. 三個人
11. a. 個音樂會冇人聽，要送飛　b. 因為老細醒過佢吔
    c. 因為老細出錢買飛　d. 因為公司贊助音樂會，老細攞到飛

會話四

12. a. 榕樹灣　b. 索罟灣　c. 香港仔　d. 長洲
13. a. 一個鐘　b. 十幾分鐘　c. 大半個鐘頭　d. 半個鐘頭
14. a. 八點九　b. 九點正　c. 九點八　d. 八點半
15. a. 食豆腐花　b. 食海鮮　c. 沙灘玩水　d. 撐艇仔

表達能力測試

0361.mp3

1.

a. 我哋未食完嘢

b. 佢睇住電視做功課

c. 訂咗位未呀？

d. 跑開步，唔跑唔舒服

e. 借完錢畀佢就冇晒影

2.

zêu^3 dou^3 pé^1 pé^1 fu^1
醉 到 啤 啤 夫　爛醉如泥

ngo^6 dou^3 gi^4 li^1 gu^4 lu^4
餓 到 嘰 哩 咕 嚕　肚子咕咕響

hing^1 fen^5 dou^3 bi^1 li^1 ba^1 la^1
興 奮 到 嗶 哩 叭 啦　興奮得不停說話

bou^6 séi^2 yi^1 géi^1 ging^4 ling^1 gueng^4 leng^4
部 洗 衣 機 勁 令 轟 能　洗衣機震動發出的聲響

di^1 cêng^1 ping^4 ling^1 pang^4 lang^4
啲 窗 平 令 嘭 冷　窗被風拍打發出的聲響

3.

ju^2 cung^5 néi^5 mei^5
a. 煮 重 你 米　惡意批評

cad^3 hai^4
b. 擦 鞋　拍馬屁

jiu^3 fei^3
c. 照 肺　直譯為照X光，引申為罵

deo^3
d. 鬥 hea　鬆懈、更不認真工作

4. a 墟冚 hêu^1 hem^6　形容人山人海

5. c 水泡 sêu^2 pou^5　指游泳圈，救生圈

6. 唔行得路 / 唔再行得路

7. 變到我認唔出

發音練習

0371.mp3

一、

1. a. 仇 seo^{4}（綢籌酬 ceo^{4}）
2. d. 質 zed^{1}（志智置 ji^{3}）
3. b. 遍 pin^{3}（便辨辯 bin^{6}）

二、

4. 角 gog^{3}　決 küd^{3}　絕 jud^{6}　掘 gued^{6}
5. 出 cêd^{1}　初 co^{1}　畜 cug^{1}　除 cêu^{4}

三、

6. 推 têu　7. 令 ling　8. 門 mun

第四課

認識新朋友

ngo5 hei6 Néi5 giu3 mé1méng2 a3
Hi！我係Ceci。你叫咩名呀？
你好，我是Ceci。你叫什麼名字？

Ngo5 giu3 a3 Hou4 Kêu5 hei6 ngo5 nêu5peng4yeo5
我叫阿豪。佢係我女朋友，Maggie。
我叫阿豪。她是我女朋友，Maggie。

會話一：派對上自我介紹

0411.mp3

ngo5 hei6 Néi5 giu3 mé1 méng2 a3
C：Hi！我係Ceci。你叫咩名呀？
你好，我是Ceci。你叫什麼名字？

Ngo5 giu3 a3 Hou4 Kêu5 hei6 ngo5 nêu5 peng4 yeo5
豪：我叫阿豪。佢係我女朋友，Maggie。
我叫阿豪。她是我女朋友，Maggie。

Guo3 lei4 ni1 bin6 co5 la1
C：Hi！Maggie。過嚟呢便坐啦。
Gem1 yed6 yeo5 hou2 do1 yé5 xig6 ga3
今日party有好多嘢食喫。
來我這裏坐吧。今天的派對有很多吃的。

Néi5 hei6 bin1 dou6 yen4
豪：Ceci，你係邊度人？
Ceci，你是哪裏人？

Ngo5 hei6 Sen1 Ga3 Bo1 yen4
C：我係新加坡人。
我是新加坡人。

Néi5 hei2 bin1 dou6 ju6 a3
豪：你喺邊度住呀？
你住在哪裏？

Ngo5 hei2 Beg1 Gog3 ju6
C：我喺北角住。
我住在北角。

Néi5 yed1 go3 yen4 hei2 Hêng1 Gong2 a4
豪：你一個人喺香港牙？
你一個人在香港嗎？

Hei6 a3 Gung1 xi1 pai3 ngo5 lei4 sed6 zab6 yed1 nin4
C：係呀。公司派我嚟實習一年。
是的。公司派我來實習一年。

Ju6 deg1 guan3 m4 guan3 a3
豪：住得慣唔慣呀？
你習慣住在香港嗎？

Mou5 med1 yé5 m4 guan3 Ho2 yi5 la1
C：冇乜嘢唔慣。可以啦。
沒什麼不習慣。還可以。

Ni1 dou6 med1 yé5 dou1 hou2 fong1 bin6
呢度乜嘢都好方便，
這裏什麼都很方便。

bed1 guo3 lang5 héi3 dung3 zo2 di1
不過冷氣凍咗啲。
不過空調冷了一點。

聽力測試 0411(2).mp3

1. 佢哋叫咩名呀？
2. 佢哋喺乜嘢地方見面？
3. Ceci 點解嚟香港呀？
4. Ceci 喺香港有咩唔慣呀？
5. Ceci 係邊度人呀？

會話二：談論對香港的感覺

0412.mp3

Néi5 hei2 bin1 dou6 lei4 ga3
男：你喺邊度嚟㗎？
你從什麼地方來？

Ngo5 hei2 Xing4 Dou1 lei4
女：我喺成都嚟。
我從成都來。

Néi5 lei4 zo2 Hêng1 Gong2 géi2 noi6 a3
男：你嚟咗香港幾耐呀？
你來了香港多久？

Ngo5 lei4 zo2 dai6 bun3 nin4 la3
女：我嚟咗大半年喇。
我來了半年多。

Néi5 zung1 m4 zung1 yi3 Hêng1Gong2 a3

男：你鍾唔鍾意香港呀？

你喜歡香港嗎？

Géi2 zung1 yi3 hei6 yeo5 xi4 gog3 deg3 di1 yé5 tai3 fai3

女：幾鍾意，係有時覺得啲嘢太快，

yeo5 di1 ad3 lig6

有啲壓力。

挺喜歡，只是有時候覺得生活太急促，有點壓力。

Ngo5 déi6 Séi3 Qun1 yen4 ta1 tiu4 guan3

我哋四川人他條慣，

m4 qi5 Hêng1Gong2yen4 gem3 geb1

唔似香港人咁急。

我們四川人慣了優悠的生活，不像香港人那麼急。

Fai3 dou3 yeo5 ad3 lig6-2

男：快到有壓力？

因為太急促，有壓力？

Péi3 yu4 déi6 tid3 di6 din6 tei1 yi5 ging1 fai3 dou3 ngo5 m4 gem2

女：譬如地鐵啲電梯已經快到我唔敢

比如地鐵的扶手電梯已經快得我不敢站上去，

kéi5 sêng5 hêu3 kêu5 déi6 zung6 yiu3 ung2 hoi1 yen4 hang4

企上去，佢哋仲要甕開人行。

他們還要推開人，在上面走。

Gem2 néi5 m4 zung1 yi3 Hêng1Gong2yen4 a4

男：咁你唔鍾意香港人牙？

那麼你不喜歡香港人嗎？

M4 hei6 Ngo5 yeo5 hou2 do1 Hêng1Gong2peng4yeo5 ga3

女：唔係！我有好多香港朋友㗎。

Hêng1Gong2yen4 hou2 yid6 sem1bong1 yen4 hou2 yeo5 lei5 mao6 gé3

香港人好熱心幫人，好有禮貌嘅。

不是！我有很多香港朋友。香港人很熱心幫助人，很有禮貌。

Ni1 dou6 zung6 yeo5 med1 yé5 tung4 Séi3 Qun1 hou2 m4 tung4 a3

男：呢度仲有乜嘢同四川好唔同呀？

這裏還有什麼跟四川很不同嗎？

Mou5 deg1 xig6 lad6 lo1 Bed1 guo3 ju6 noi6 zo2

女 ： 冇 得 食 辣 囉 。 不 過 住 耐 咗 ，

dou1 mou5 gem3 sêng2 xig6 lad6 pa3 xig6 yun4 yid6 héi3

都 冇 咁 想 食 辣 ， 怕 食 完 熱 氣 。

就是吃不到辣。不過住久了，也沒那麼想吃辣，怕吃了上火。

聽力測試 0412(2).mp3

6. 女人係邊度人嚟㗎？
7. 女人點解覺得有壓力？
8. 女人覺得香港人點呀？邊個講法係錯㗎？
9. 點解喺香港住，唔想食辣嘢？
10. 點解女人怕搭電梯？

會話三：談論感情狀況

0413.mp3

Néi5 yeo5 mou5 nêu5 peng4 yeo5 a3

Auntie ： 你 有 冇 女 朋 友 呀 ？

你有沒有女朋友？

Ngo5 yeo5 go3 hou2 hou2 gé3 nêu5 peng4 yeo5

阿 強 ： 我 有 個 好 好 嘅 女 朋 友 。

我有很要好的女朋友。

Néi5 déi6 pag3 zo2 to1 géi2 noi6 a3

Auntie ： 你 哋 拍 咗 拖 幾 耐 呀 ？

你們談戀愛多久了？

Zeo6 fai3 séi3 nin4 la3

阿 強 ： 就 快 四 年 喇 。

快四年了。

Néi5 déi6 dong1 co1 dim2 xig1 ga3

Auntie ： 你 哋 當 初 點 識 㗎 ？

你們最初怎樣認識的？

Ngo5 déi6 zou6 yi6 gung1 xig1 gé3

阿 強 ： 我 哋 做 義 工 識 嘅 。

Ngo5 zung1 yi3 kêu5 go3 yen4 hou2 do1 jing3 neng4 lêng6
我鍾意佢個人好多正能量，
hou2 xig1 jiu3 gu3 yen4
好識照顧人。
我們做志願者時認識的。
我喜歡她的性格很多正能量，又懂得照顧人。

Yeo5 mou5 da2 xun3 gid3 fen1 a3
Auntie：有冇打算結婚呀？
有打算結婚嗎？

Méi6 gem3 fai3 guo3 lêng5 nin4 xin1 nem2 la1
阿強：未咁快，過兩年先諗啦。
沒那麼快，過兩年再說吧。

M4 hei6 wei6 zo2 cou5 qin2 mai5 leo2 a5
Auntie：唔係為咗儲錢買樓呀？
不是為了存錢買房子吧？

Gid3 deg1 fen1 zeo6 sêng2 yeo5 ji6 géi2 ug1 kéi2 gé2
阿強：結得婚就想有自己屋企嘅。
Mug6 qin4 zêu3 gen2 yiu3 lêng5 go3 yen4 hoi1 sem1
目前最緊要兩個人開心。
要是結婚就想有自己的家。最重要是兩個人開心。

M4 hou2 nem2 gem3 noi6 la3 nêu5 zei2 m4 deng2 deg1 ga3
Auntie：唔好諗咁耐喇，女仔唔等得㗎。
不要想太久，不能讓女孩子等。

聽力測試 0413(2).mp3

11. 阿強同女朋友拍咗拖幾耐喇？
12. 佢點樣識到呢個女朋友㗎？
13. 佢鍾意女朋友啲乜嘢？邊個講法係錯㗎？
14. Auntie點解催佢結婚呀？
15. 阿強結婚，有乜嘢係唔使諗㗎？

重點詞彙

0421.mp3

粵語拼音	粵語	普通話
Sen1 Ga3 Bo1	新加坡	
Beg1 Gog3	北角	
pai3	派	指派、委派
sed6 zab6	實習	
guan3	慣	習慣
lang5 héi3	冷氣	空調
Xing4 Dou1	成都	
ad3 lig6	壓力	
Séi3 Qun1	四川	
ta1 tiu4	他條	優悠
geb1	急	
péi3 yu4	譬如	比如
din6 tei1	電梯	扶手電梯
yi5 ging1	已經	
gem2	敢	
ung2 hoi1	㧬開	推開
yid6 sem1	熱心	
lei5 mao6	禮貌	
lad6	辣	
yid6 héi3	熱氣	上火
pag3 to1	拍拖	談戀愛
dong1 co1	當初	最初
yi6 gung1	義工	志願者
jing3 neng4 lêng6	正能量	
jiu3 gu3	照顧	
wei6 zo2	為咗	為了
cou5 qin2	儲錢	存錢、儲蓄
mug6 qin4	目前	
nêu5 zei2	女仔	女孩子

道地表達

0431.mp3

Auntie（阿姨 a3 yi1）、Uncle（叔叔 sug1 sug1、伯伯 bag3 bag3）是對父母朋友的親切稱呼。

表達能力測試

1. 乜嘢都叫我做，你當我_____

a. 阿四 b. 一姐 c. 二叔公 d. 八婆

2. 哪句不是廣東話常用講法？

a. 呢個人講嘢九唔搭八，傻㗎！
b. 呢啲時間唔三唔四，食咗下午茶就食唔落晚飯。
c. 我讀得書少，三唔識七。
d. 約佢出嚟三口六面講清楚。

3. 形容饞嘴的人是

a. 鐵嘴雞 b. 烏鴉口 c. 為食貓 d. 爛瞓豬

4. 配對量詞和名詞

一支	鎖匙
一舊	肉
一條	水
一架	纜車

5. 請為下列詞語加入「咗……喇」，例：食飯（食咗飯喇）搞掂（搞掂咗喇）

a. 移民 b. 工作輕鬆 c. 離開 d. 發達

6. 請糾正語法錯誤，講出正確句子

我喺睇電視

7. 請糾正語法錯誤，講出正確句子

佢咩事喺咗銅鑼灣？

發音練習

一、請選出廣東話發音不同的漢字

1. a. 郭 b. 國 c. 幗 d. 鍋
2. a. 援 b. 員 c. 緣 d. 元
3. a. 忠 b. 衷 c. 鐘 d. 終

二、漢字與發音配對

4.

沉	sen^{4}
晨	cen^{4}
橙	cem^{4}
陳	$cang^{2}$

5.

勁	$jing^{1}$
井	$king^{4}$
晶	$z\acute{e}ng^{2}$
鯨	$ging^{6}$

三、請寫出漢字的廣東話發音

漢語拼音	廣東話拼音	漢字
6. qun		4 群裙
7. liang		4 良涼梁樑粱糧　5 兩　6 亮諒輛量
8. yang		1 央殃鴦　4 羊佯洋揚楊瘍陽　5 仰氧養癢 6 恙樣漾

笑笑廣東話

0441.mp3

和 Siri 的搞笑對話

我：你靚唔靚呀？

S：物似主人形啫！

我：咁我靚唔靚呀？

S：仲使講？直頭掂啦！

我：你愛唔愛我呀？

S：我係一隻冇腳嘅雀仔。

我：我愛你！

S：你對其他人都係咁講㗎啦！

我：我愛你！你愛唔愛我呀？

S：我地係冇可能㗎！

我：你去食屎啦！

S：無端端鬧人，我話畀媽咪知㗎！

0451.mp3

錯得好有趣

①我來到香港，出屎 cêd1 xi2 唔慣，覺得太臭 ceo3。

初時 co1 xi4　　稠密 ceo4 med6

（拉屎：疴屎 o1 xi2）　（稠密：逼濕 big1 gib3）

②我做義工，係英文好瘀 hou2 yu2（差勁、丟臉）嘅補習老師

口語 heo2 yu5

答案

聽力測試

會話一

1. a.Cicy、阿雄、Margaret　b.Ceci、阿豪、Maggie
   c.絲絲、阿Mark、阿May　d.師姐、豪哥、阿Moon
2. a.好多嘢食嘅party　b.學校嘅迎新會　c.公司春茗　d.運動場
3. a.搵嘢做　b.喺北角買咗間樓　c.跟住男朋友嚟玩
   d.公司派嚟實習
4. a.搭車唔方便　b.住得太遠　c.冷氣凍咗少少　d.買嘢唔方便
5. a.德國人　b.新加坡人　c.紐西蘭人　d.香港人

會話二

6. a.四川人佢係慣　b.嚟咗大半年　c.四川成都　d.搭地鐵嚟
7. a.香港太濕　b.香港人太快太急　c.佢畀人笑佢嘅廣東話
   d.佢成日要趷人行快啲
8. a.做嘢太急　b.熱心幫人　c.算係有禮貌　d.鍾意食辣嘢
9. a.食辣嘢會熱氣　b.香港啲辣椒唔辣，係甜嘅
   c.天氣熱，唔鍾意食到熱辣辣　d.香港冇得食四川菜
10. a.要等好耐　b.太多人，冇位企　c.行得太快，唔敢企上去
    d.要成日趷開人行

會話三

11. a.差唔多四年　b.四年幾　c.就快十年　d.十四歲到而家
12. a.佢抑鬱，想搵正能量　b.佢想結婚，叫朋友介紹
    c.佢做義工，時時照顧呢個女仔　d.佢哋一齊做義工識到嘅
13. a.好識照顧人　b.做義工，充滿正能量　c.幫手儲錢買樓
    d.兩個人一齊好開心
14. a.女仔青春有限，唔等得咁耐　b.諗多兩年都係買唔到樓
    c.Auntie想有人照顧佢　d.Auntie想男仔搬走，唔好喺佢屋企住
15. a.使唔使買樓　b.拍幾耐拖先至算了解　c.佢鍾唔鍾意個女仔
    d.女仔嫁畀佢開唔開心

表達能力測試

0461.mp3

1.

a. **阿四**　傭人

例：我喺屋企做阿四，服侍啲仔女。

阿四是順德媽姐很普通的名字，成了香港家傭代名詞。

根據中國廣東順德傳統，女子很多終生不嫁，自食其力，打扮穿唐裝白衫黑褲，後腦梳長辮子。20世紀初，因順德手工絲綢業式微，女子為了生計，到香港做女傭(打住家工)。我們叫她們媽姐，又寫做「馬姐」。她們視僱主家為家，僱主也待她們如親人，終生照顧。為什麼媽姐最普通的名字叫阿四？那是因為她們的父母沒有文化，所以孩子改名很簡單，家裏老三就叫阿三，老四就叫阿四。

現在留宿家傭多是菲律賓人或印尼人，都用英文名字，對他們的代號就變成Maria，Mary Ann，對孩子就叫她們姐姐、auntie，朋友間一般談起就暱稱賓賓ben^{1} ben^{1}。叫賓妹ben^{1} mui^{1}是歧視，極不禮貌的説法。

本地女傭只會做兼職，鐘點zung^{1} dim^{2}，負責清潔打掃和煮飯，不願意留宿，所以要全天候照顧孩子和老人家就不適合。

b. 一姐　團隊裏最受尊敬的女性

c. 二叔公　當舖掌櫃

d. 八婆　罵女人、臭三八

2.

a. 九唔搭八　沒頭沒腦

b. 唔三唔四　不三不四，左右不是

c. 我讀得書少，三唔識七。

三唔識七是形容跟陌生人一起不舒服。

例：我同佢三唔識七，點可以瞓埋一張床？

d. 三口六面　面對面

3.

a. 鐵嘴雞 tid^{3} zêu^{2} gei^{1}　嘴巴不人、很会吵架

b. 烏鴉口 wu^{1} nga^{1} heo^{2}　開口中，講出口的壞事成真

c. 為食貓 wei^{6} xig^{6} mao^{1}

d. 爛瞓豬 lan^{6} fen^{3} ju^{1} 貪睡

4.

一支水　一瓶水　　一舊肉　一塊肉

一條鎖匙　一把鑰匙　　一架纜車　一台纜車

5.

a. 移咗民喇　b. 工作輕鬆咗喇　c. 離開咗喇　d. 發咗達喇

6. 我睇緊電視

誤譯「在」就是「喺」。表示動作正在進行應該在動詞加緊

7. 佢咩事喺銅鑼灣？ / 佢咩事去咗銅鑼灣？

「喺」沒有過去式或完成式。

發音練習　0471.mp3

一、

1. d. 鍋 wo^{1}（郭國幗 guog^{3}）
2. a. 援 wun^{4}（員緣元 yun^{4}）
3. b. 衷 cung^{1}（忠鐘終 zung^{1}）

二、

4. 沉 cem^{4}　晨 sen^{4}　橙 cang^{2}　陳 cen^{4}

5. 勁 ging^{6}　井 zéng^{2}　晶 jing^{1}　鯨 king^{4}

三、

6. kuen 裙　7. lêng 涼　8. yêng 央

第五課

家庭

A³ ma¹ ngo⁵ cêd¹ mun⁴ heo² la³
阿 媽 ，我 出 門 口 喇 。
媽，我出去了。
Gem¹man⁵ fan¹ m⁴ fan¹ lei⁴ xig⁶ fan⁶ a³
今 晚 返 唔 返 嚟 食 飯 呀 ？
Gu¹ zé¹ yed¹ ga¹ lei⁴ xig⁶ fan⁶ wo³
姑 姐 一 家 嚟 食 飯 喎 。
今晚回來吃飯嗎？姑姑一家來吃飯。

會話一：兒子出門前跟媽媽對話

0511.mp3

A3 ma1 ngo5 cêd1 mun4 heo2 la3

仔：阿媽，我出門口喇。

媽，我出去了。

Gem1 man5 fan1 m4 fan1 lei4 xig6 fan6 a3

媽：今晚返唔返嚟食飯呀？

Gu1 zé1 yed1 ga1 lei4 xig6 fan6 wo3

姑姐一家嚟食飯喎。

今晚回來吃飯嗎？姑姑一家來吃飯。

M4 fan1 la3 m4 ji1 géi2 dim2 seo1 gung1

仔：唔返喇。OT，唔知幾點收工。

不回來。要加班，不知道幾點下班。

Gem2 leo4 fan1 di1 tong1 béi2 néi5 la1

媽：咁留番啲湯畀你啦。

那留點湯給你吧。

Mou2 leo4 tong1 la3 Dou1 m4 sei2 deng2 ngo5 mun4

仔：冇留湯喇。都唔使等我門。

別留湯。也不用等我回來。

Néi5 ni1 pai2 ngai4 yé2 do1 cou3 a3

媽：你呢排捱夜多，燥呀，

yem2 di1 tong1 ji1 yên6 fan1 ma3

飲啲湯滋潤番嘛。

你最近常熬夜，身體燥熱，要喝湯滋潤。

Néi5 m4 hou2 gem3 sen1 fu2 jing2 gem3 do1 yé5 la1

仔：你唔好咁辛苦整咁多嘢喇。

Néi5 m4 hei6 zég3 seo2 tung3 mé1

你唔係隻手痛咩？

你不要那麼辛苦弄那麼多菜。你不是手疼嗎？

Fung1 seb1 tung3 mou5 deg1 yi1 gé3

媽：風濕痛冇得醫嘅。

M4 tung1 med1 dou1 m4 sei2 zou6 mé1

唔通乜都唔使做咩？！

風濕痛不能治。難道什麼都不做了嗎？

聽力測試(是非題) 0511(2).mp3

1. 仔仔今晚約咗人食飯。(是/非)
2. 阿媽今日煲湯。(是/非)
3. 阿媽想留番啲餸畀仔仔。(是/非)
4. 仔仔好鍾意飲湯。(是/非)
5. 佢今晚會好夜返屋企。(是/非)

會話二：談家鄉

0512.mp3

Néi5 hêng1 ha2 hei2 bin1 dou6 a3
女：你鄉下喺邊度呀？
你家鄉在哪裏？

Hei2 Guong2 Sei1 Nam4 Ning4
男：喺廣西南寧。
在廣西南寧。

Néi5 ug1 kéi2 yeo5 med1 yé5 yen4 a3
女：你屋企有乜嘢人呀？
你家裏有什麼人？

Yeo5 a3 ba4 a3 ma1 a3 yé4 a3 ma4 gung1 gung1 po4 po2
男：有阿爸、阿媽、阿爺、阿嫲、公公、婆婆。
我家裏有爸爸媽媽、爺爺、奶奶、外公、外婆。

Yeo5 mou5 hing1 dei6 ji2 mui6 a3
女：有冇兄弟姊妹呀？
有兄弟姐妹嗎？

Yeo5 yed1 go3 ga1 zé1 tung4 yed1 go3 sei3 lou2
男：有一個家姐同一個細佬。
有一個姐姐和一個弟弟。

Ngo5 go3 sei3 lou2 hei2 Méi5 Guog3 dug6 xu1
我個細佬喺美國讀書。
我的弟弟在美國念書。

Ga1 zé1 ga3 zo2 hêu3 Ying1Guog3
家姐嫁咗去英國。
姐姐嫁到英國去了。

Zêu3 gen6 yeo5 mou5 fan1 guo3 hêng1 ha2
女：最近有冇返過鄉下？
你最近回過家鄉嗎？

Hou2 noi6 mou5 fan1 guo3 hêu3 la3
男：好耐冇返過去喇。
很久沒回去了。

Néi5 gua3 m4 gua3 ju6 ug1 kéi2 yen4 a3
女：你掛唔掛住屋企人呀？
你想家嗎？

Ngo5 hou2 gua3 ju6 kêu5 déi6 géi1 fu4 yed6 yed6 tung1 din6 wa2
男：我好掛住佢哋，幾乎日日通電話。
我很惦念他們，幾乎每天通電話。

Kêu5 déi6 yeo5 mou5 lei4 Hêng1Gong2 tam3 néi5 a3
女：佢哋有冇嚟香港探你呀？
他們有沒有來過香港看你？

Kêu5 déi6 Xing3 Dan3 Jid3 go2 zen6 lei4 guo3
男：佢哋聖誕節果陣嚟過。
lin4 ga1 zé1 dou1 dai3 mai4 lou5 gung1 lei4
連家姐都帶埋老公嚟。
他們聖誕節的時候來過。連姐姐也帶着丈夫來。

Hou2 nan4 deg1 yed1 ga1 yen4 hei2 mai4 yed1 mai4
好難得一家人喺埋一齊。
好難得一家人聚在一起。

聽力測試 0512(2).mp3

6. 男人喺邊度人呀？
7. 佢喺內地屋企有幾多人呀？
8. 佢細佬喺邊度讀緊書？
9. 佢點樣同屋企人保持聯絡？
10. 佢哋一家人幾時見過面呀？

會話三：談孩子

0513.mp3

Néi5 go3 zei2 géi2 dai6 la3
女：你個仔幾大喇？
你的兒子多大？

Geo2 sêu3 la3 Dug6 gen2 xiu2 hog6 sam1 nin4 ban1
男：九歲喇。讀緊小學三年班。
九歲了。在讀小學三年級。

Zam2 ha5 ngan5 gem3 dai6 la4
女：眨吓眼咁大喇？！
一轉眼已經長那麼大！

Ngo5 zung6 géi3 deg1 kêu5 cêd1 sei3 go3 yêng2
我仲記得佢出世個樣，
hou2 qi3 mou5 géi2 noi2 gem2
好似冇幾耐咁。
我還記得他出生時的樣子，好像不是很久以前呢！

Hei6 wo3 Zei4 zei2 hei2 bin1 dou6 dug6 xu1 a3
係喎。囝囝喺邊度讀書呀？
對了，你的兒子在哪裏上學？

Dug6 Ying1 Géi1 guog3 zei3 hog6 hao6
男：讀英基國際學校。
念英基國際學校。

Néi5 go3 zei2 gem3 lég1 dim2 gai2 m4 dug6 bun2 déi6 ming4 hao6
女：你個仔咁叻，點解唔讀本地名校，
dug6 guog3 zei3 hog6 hao6 a3
讀國際學校呀？
你的兒子那麼聰明，為什麼不進本地名校，而念國際學校？

Kêu5 xiu2 hog6 pai3 wei2 hei6 ming4 hao6 léi4 ga3
男：佢小學派位係名校嚟㗎。
他小學分配學位時，是被派到名校的。

Dan6 hei6 gin3 kêu5 man5 man5 zou6 gung1 fo3 zou6 dou3 seb6 yi6 dim2
但係見佢晚晚做功課做到十二點，
但是看見他每晚寫作業寫到十二點，

ngo5 m4 sêng2 kêu5 dug6 deg1 gem3 sen1 fu2
我 唔 想 佢 讀 得 咁 辛 苦 ，
我不想他讀得那麼辛苦，

mei6 béi2 kêu5 yeb6 Ying1 Géi1 lo1
咪 畀 佢 入 英 基 囉 。
就讓他進英基念書。

Ngo5 nêu4 nêu2 dug6 gen2 yeo3 ji6 yun2 gou1 ban1
女 ： 我 囡 囡 讀 緊 幼 稚 園 高 班 ，
cêd1 nin2 xing1 xiu2 hog6 dou1 m4 ji1 dim2 xun3
出 年 升 小 學 都 唔 知 點 算 。
我女兒在讀幼兒園高班，明年升上小學，真不知道該怎麼辦。

聽力測試 0513(2).mp3

11. 囝囝喺邊度讀書呀？
12. 男人嘅仔大啲定女人嘅女大啲呀？
13. 點解囝囝唔讀本地小學呀？
14. 囝囝今年幾多歲呀？
15. 囡囡幾時升小學呀？

重點詞彙

0521.mp3

粵語拼音	粵語	普通話
hêng1 ha2	鄉下	家鄉
Guong2 Sei1 Nam4 Ning4	廣西南寧	
a3 yé4 a3 ma4	阿爺、阿嫲	爺爺、奶奶
gung1 gung1 po4 po2	公公、婆婆	外公、外婆
hing1 dei6 ji2 mui6	兄弟姊妹	兄弟姐妹
ga1 zé1	家姐	姐姐
sei3 lou2	細佬	弟弟
ga3	嫁	
géi1 fu4	幾乎	
tam3	探	探訪

粵語拼音	粵語	普通話
Xing^{3} Dan^{3} Jid^{3}	聖誕節	
lou^{5} gung^{1}	老公	丈夫
nan^{4} deg^{1}	難得	
xiu^{2} hog^{6}	小學	
zam^{2} ha^{5} ngan^{5}	眨吓眼	一轉眼
cêd^{1} sei^{3}	出世	出生
yêng^{2}	樣	樣子、模樣
zei^{4} zei^{2}	囝囝	兒子
guog^{3} zei^{3} hog^{6} hao^{6}	國際學校	
lég^{1}	叻	聰明、優秀
bun^{2} déi^{6}	本地	
ming^{4} hao^{6}	名校	
pai^{3} wei^{2}	派位	分配學位
zou^{6} gung^{1} fo^{3}	做功課	寫作業
sen^{1} fu^{2}	辛苦	
nêu^{4} nêu^{2}	囡囡	女兒
yeo^{3} ji^{6} yun^{2}	幼稚園	幼兒園

道地表達

0531.mp3

一、英基國際學校

英基國際學校English Schools Foundation於1967年根據政府條例成立，是香港最大規模、以英語為教學語言的國際學校協會，屬下包括五所中學、九所小學和一所為有特殊教育需要的學生而設的學校，還有兩所私營獨立學校和四所幼稚園，遍佈港、九及新界。學生分別來自50多個國家，約70%的學生家長都是香港永久居民。

二、做功課

做功課，普通話會講寫作業。

作業zog^{3} yib^{6}在香港只指教科書附的練習本。上門為學生指導功課，廣東話是補習bou2 zab6，普通話叫補習老師「家教ga1 gao3」，不過香港人講「冇家教」，是父母沒有好好管教子女，或「有家教」是讚孩子有禮貌。

語法講解

0541.mp3

重複量詞表示「每」

Ngo5 déi6 géi1 fu4 yed6 yed6 tung1 din6 wa2
1. 我 哋 幾 乎 日 日 通 電 話 。
我們幾乎每天通電話。

Man5 man5 zou6 gung1 fo3 zou6 dou3 seb6 yi6 dim2
2. 晚 晚 做 功 課 做 到 十 二 點 。
每晚寫作業寫到十二點。

Dou6 dou6 dou1 seb1 leb6 leb6
3. 度 度 都 濕 立 立 。
到處都濕漉漉。

Jiu1 jiu1 yed1 héi2 sen1 zeo6 cêd1 mun4 heo2
4. 朝 朝 一 起 身 就 出 門 口 。
每天早上起床就出門。

表達能力測試

1. 配對廣東話和普通話稱呼

廣東話	普通話
嫲嫲	婆婆
公公	外婆
婆婆	兒媳
老爺	公公
奶奶	奶奶
新抱	外公

2. **配對廣東話音譯詞與原來的英語**

快勞	partner
肥佬	monitor
拍乸	fail
腥橋	file
芒	thank you

3. **哪句形容贏是錯的？**

a. 贏到開巷　b. 贏幾條街　c. 贏到甩褲　d. 贏個馬鼻

4. **「姨媽到」的意思是**

a. 媽媽的姐姐來探訪
b. 重要的人物來訪，如皇上駕到
c. 來月經
d. 媽媽的姐妹來幫助你

5. **「已經好耐冇呢支歌唱」的意思是**

a. 這樣美好的事物，只能在回憶中
b. 這首歌已經被遺忘
c. 已經很久合唱過(或合作)
d. 我已忘詞

6. **請糾正用詞錯誤，講出正確句子**

我係媽媽嘅女仔。

7. **請糾正錯誤，講出正確句子**

你嘅電話號碼係幾多？

發音練習

一、請選出廣東話發音不同的漢字

1. a. 搞 b. 糕 c. 膏 d. 高
2. a. 弟 b. 第 c. 遞 d. 的
3. a. 久 b. 酒 c. 九 d. 韭

二、漢字與發音配對

4.

富	fug6
浮	bog3
服	feo4
縛	fu3

5.

裏	neb1
禮	lig6
力	lêu5
粒	lei5

三、請寫出漢字的廣東話發音

漢語拼音	廣東話拼音	漢字
6. pian		1 偏篇翩　3 片騙
7. cao		1 操　2 草　3 糙　4 曹嘈
8. zi		1 姿資諮滋　2 子姊紫　6 自字

1. 女兒下廚

爸：你做呢啲菜真係好，全部係菜，冇肉，食得健康。好呀！我要食多啲。

女：第日你死咗，我都燒呢啲嘢畀你食啦。

爸：有冇搞錯呀？死咗仲要我食呢啲嘢？！

2. 鄉下和家鄉

宿舍有人寫blog：我喺大陸帶咗啲手信返嚟。另一人回應：你喺鄉下嚟牙？有個內地學生看了，以為香港人歧視他們從農村來。內地人唔知香港人講「鄉下」即係「家鄉」，係冇貶義嘅。其實很多詞彙，香港內地有唔同解釋，真係要好好了解。

0551(2).mp3

錯得好有趣

①父母去攞**畜生證** cug^{1} seng^{1} jing^{3}

出生證 cêd^{1} seng^{1} jing^{3}

②男仔：學校裏面全部都係**靚仔** léng^{3} zei^{2}，所以感情特別好。

男仔 nam^{4} zei^{2}

③我個女好**毒辣** dug^{6} lad^{6}。

獨立 dug^{6} lab^{6}

答案

聽力測試

會話一

1. 非　2. 是　3. 非　4. 是　5. 非

會話二

6. a. 江西南昌　b. 廣西桂林　c. 廣西南寧　d. 廣東南海
7. a. 八個　b. 六個　c. 四個　d. 七個
8. a. 美國　b. 廣西　c. 英國　d. 法國
9. a. 靠家姐聯絡　b. 好掛住，但係冇聯絡　c. 年年返鄉下
   d. 幾乎日日通電話
10. a. 啱啱過咗嘅聖誕節　b 舊年嘅佛誕　c. 復活節假期
    d. 國慶節一家嚟晒香港

會話三

11. a. 本地名校　b. 英基國際學校　c. 英基中學　d. 漢基國際學校
12. a. 一樣大　b. 唔清楚　c. 女大啲　d. 仔大啲
13. a. 佢蠢過人，跟唔上　b. 做太多功課，好辛苦
    c. 派唔到名校小學　d. 佢好叻，考到國際學校獎學金
14. a.19歲　b.3歲　c.9歲　d.13歲
15. a. 下年　b. 今年　c. 後年　d. 七年後

表達能力測試

0561.mp3

1.

嫲嫲 ma⁴ma⁴	奶奶
公公 gung¹ gung¹	外公
婆婆 po⁴ po²	外婆
老爺 lou⁵yé⁴	公公
奶奶 nai⁴nai²	婆婆
新抱 sen¹pou⁵	兒媳婦

2.

快勞 fai^{1} lou^{2}	file
肥佬 féi^{4} lou^{2}	fail 不合格 / 不及格
拍㩒 pad^{1} la^{1}	partner 伙伴
腥橋 séng^{1} kiu^{4}	thank you 謝謝
芒 mong^{1}	monitor 屏幕

3.c（正確講法是：輸到甩褲）

4.c

5.a

6.我係媽媽嘅<u>女 nêu^{2}</u>。/ 我係媽媽嘅<u>寶貝女 bou^{2} bui^{3} nêu^{2}</u>

「女仔 nêu^{5} zei^{2}」是女孩子，相對於「男仔 nam^{4} zei^{2}」是男孩子。

「仔女 zei^{2} nêu^{2}」是兒女。

7.你電話<u>幾多號</u>呀？

發音練習

0571.mp3

一、

1. a. 搞 gao^{2}（糕膏高 gou^{1}）
2. d. 的 dig^{1}（弟第遞 dei^{6}）
3. b. 酒 zeo^{2}（久九韭 geo^{2}）

二、

4. 富 fu^{3} 浮 feo^{4} 服 fug^{6}（束 cug^{1}）縛 bog^{3}
5. 裏 lêu^{5} 禮 lei^{5} 力 lig^{6} 粒 neb^{1}

三、

6.片 pin 7.草 cou 8.子 ji

第六課

購物

Ngo5 sêng2 mai5 cung1 lêng4 yig6, tei2 wen4 séng4 go3 guei6,
我想買沖涼液，睇勻成個櫃，
seb6 géi2 zég3 pai4 ji2, dou1 m4 ji1 gan2 bin1 zég3 hou2.
十幾隻牌子，都唔知揀邊隻好。
我想買沐浴露，看遍了這個櫃子，十幾種牌子，
不知道選哪個好。

Bed1 yu4 mai5 ngo5 yung6 hoi1 ni1 go3 Méi5 Guog3 pai4 ji2 la1.
不如買我用開呢個美國牌子啦。
cung1 yun4 lêng4 di1 péi4 fu1 hou2 qi5 bi4 bi1 gem3 wad6 ga3.
沖完涼啲皮膚好似BB咁滑㗎。
不如買我一直用的這個美國牌子吧。淋浴後皮膚像嬰
兒一樣滑。

會話一：超市買沐浴露

0611.mp3

Ngo⁵ sêng² mai⁵ cung¹ lêng⁴ yig⁶ tei² wen⁴ séng⁴ go³ guei⁶

男：我 想 買 沖 涼 液 ，睇 勻 成 個 櫃 ，

我想買沐浴露，看遍了這個櫃子，

seb⁶ géi² zég³ pai⁴ ji² dou¹ m⁴ ji¹ gan² bin¹ zég³ hou²

十 幾 隻 牌 子 ，都 唔 知 揀 邊 隻 好 。

十幾種牌子，不知道選哪個好。

Bed¹ yu⁴ mai⁵ ngo⁵ yung⁶ hoi¹ ni¹ go³ Méi⁵ Guog³ pai⁴ ji² la¹

女：不 如 買 我 用 開 呢 個 美 國 牌 子 啦 。

不如買我一直用的這個美國牌子吧。

cung¹ yun⁴ lêng⁴ di¹ péi⁴ fu¹ hou² qi⁵ bi⁴ bi¹ gem³ wad⁶ ga³

沖 完 涼 啲 皮 膚 好 似 B B 咁 滑 㗎 。

淋浴後皮膚像嬰兒一樣滑。

Zen¹ hei⁶ hou² coi² Ni¹ dou⁶ yeo⁵ ma¹ zong¹

男：真 係 好 彩 ！ 呢 度 有 set 孖 裝 ，

運氣真好！這裏有一份兩瓶套裝，

zung⁶ sung³ do¹ yed¹ ji¹ sei³ gé³ tim¹

仲 送 多 一 支 細 嘅 添 。

還多送多一瓶小的。

Gem³ ngam¹ gem¹ yed⁶ yeo⁵ deg⁶ ga³

女：咁 啱 今 日 有 特 價 ，

yeo⁵ wui² yun⁴ kad¹ péng⁴ do¹ sam¹ men¹ wo³

有 會 員 咭 平 多 三 蚊 喎 。

剛巧今天有特價，有會員咭更可便宜三塊錢。

Néi⁵ yeo⁵ mou⁵ wui² yun⁴ kad¹ a³

男：你 有 冇 會 員 咭 呀 ？

Ngo⁵ leo⁶ zo² zêng¹ kad¹ hei² ug¹ kéi²

我 漏 咗 張 咭 喺 屋 企 。

你有沒有會員卡？我把卡忘了在家。

Yeo⁵ Ngo⁵ bong¹ néi⁵ qim¹ ju⁶ kad¹ xin¹

女：有 。 我 幫 你 簽 住 咭 先 ，

néi⁵ béi² fan¹ qin² ngo⁵ la¹

你 畀 番 錢 我 啦 。

有。我先替你簽帳，你以後把錢還我吧。

M4 goi1 sai3

男 ： 唔 該 晒 。

謝謝！

聽力測試 0611(2).mp3

1. 男人買邊種沖涼液呀？
2. 以下邊個唔係男人買呢種沖涼液嘅理由呀？
3. 男人點解要女人用會員咭幫佢買嘢呀？

會話二：便利店買杯麵 0612.mp3

Néi5 yeo5 mou5 yé5 sêng2 mai5 a3

女 ： 你 有 冇 嘢 想 買 呀 ？

你有什麼想買？

Ngo5 yiu3 mai5 bui1 min6

男 ： 我 要 買 杯 麵 。

我要買杯麵。

Yi2 Zêu3 zung1 yi3 gé3 ga3 léi1 méi6 deg1 fan1 lêng5 go3 tim1

咦 ？ 最 鍾 意 嘅 咖 喱 味 得 番 兩 個 添 ，

sêng2 mai5 do1 di1 dou1 mou5

想 買 多 啲 都 冇 。

怎麼了？我最喜歡的咖喱味只剩兩個，想多買一些都不可以。

Mai5 ga3 léi1 méi6 gung1 zei2 min6 dai6 ba2 fo3

女 ： 買 咖 喱 味 公 仔 麵 大 把 貨 ，

yeo6 péng4 hou2 do1 wo3

又 平 好 多 喎 。

買咖喱味方便麵有很多，又便宜得多。

Xig6 bui1 min6 fei3 xi6 sei2 wun2 ma3

男 ： 食 杯 麵 費 事 洗 碗 嘛 。

吃杯麵省得洗盤子。

Zen1 hei6 lan5 dou3 cêd1 zeb1

女 ： 真 係 懶 到 出 汁 ！

Sei[2] go[3] bou[1] sei[2] zég[3] wun[2] yeo[5] géi[2] ma[4] fan[4] zég[1]
洗個煲、洗隻碗有幾麻煩唧？
真是太懶惰了，洗一個鍋、洗一個碗可有多麻煩？

Wa[3] Hoi[2] xin[1] méi[6] bui[1] min[6] yeo[5] hou[2] do[1] wo[3]
男：嘩！海鮮味杯麵有好多喎。
Ngo[5] dou[1] yed[1] yêng[6] zung[1] yi[3] xig[6] ga[3] mai[5] seb[6] go[3] xin[1]
我都一樣鍾意食㗎，買十個先。
看！海鮮味杯麵有很多呢。我也一樣喜歡吃，買十個吧。

聽力測試 0612(2).mp3

4. 男人點解買杯麵呀？
5. 男人點樣揀杯麵呀？

會話三：買汽水 0613.mp3

Di[1] yen[4] mai[5] gem[3] do[1] héi[3] sêu[2] dai[6] gam[2] ga[3] mé[1]
男：啲人買咁多汽水，大減價咩？
人們買那麼多的汽水，大減價嗎？

Hei[6] a[3] Téng[1] gong[2] hei[6] gam[2] gem[1] yed[6] tim[1] za[3]
女：係呀！聽講係減今日添咋。
Néi[5] dou[1] cen[3] péng[4] jig[1] hag[1] sou[3] fo[3] la[1]
你都趁平，即刻掃貨啦。
對。聽說只是今天減價。你也趁便宜，立即大量購買吧。

Ni[1] zég[3] héi[3] sêu[2] noi[6] m[4] noi[2] zeo[6] gam[2] ga[3] ga[3] la[3]
男：呢隻汽水耐唔耐就減價㗎喇。
Sei[2] m[4] sei[2] yed[1] sêng[1] yed[1] sêng[1] gem[2] toi[4] a[3]
使唔使一箱一箱咁抬呀？
這汽水偶爾就會減價，用得着一箱一箱地買嗎？

Gem[1] yed[6] gam[2] deg[1] hou[2] ging[6] hou[2] noi[6] mou[5] xi[3] guo[3]
女：今日減得好勁，好耐冇試過。
今天減很大，很久沒這情況。

héi[3] sêu[2] ni[1] di[1] yé[5] zei[1] deg[1] m[4] pa[3] bin[3] wai[6] gé[3]
汽水呢啲嘢擠得，唔怕變壞嘅。
汽水這東西可以存放很長時間，不會擔心變壞。

Han[1] deg[1] yed[1] men[1] deg[1] yed[1] men[1] ma[3]
慳 得 一 蚊 得 一 蚊 嘛 。
盡量省錢，能省一塊是一塊。

Wa[3] Pai[4] cêng[4] lung[4] béi[2] qin[2] ngo[5] fei[3] xi[6] mai[5] la[3]
男 ： 嘩 ！ 排 長 龍 畀 錢 ， 我 費 事 買 喇 。
要排長龍付款，我懶得買了。

聽力測試 0613(2).mp3

6. 今日啲人一箱一箱咁買乜嘢呀？
7. 啲人點解咁誇張掃貨呀？
8. 點解男人唔買汽水？

會話四：買蘋果 0614.mp3

Ping[4] guo[2] dim[2] mai[6] a[3]
客 人 ： 蘋 果 點 賣 呀 ？
蘋果怎麼賣？

Ni[1] zung[2] seb[6] men[1] sam[1] go[3] Ni[1] zung[2] seb[6] ng[5] men[1] fen[6]
小 販 ： 呢 種 十 蚊 三 個 。 呢 種 十 五 蚊 份 。
這種十塊錢三個。這種十五塊錢一份。

Bin[1] zung[2] hou[2] xig[6] di[1] a[3]
客 人 ： 邊 種 好 食 啲 呀 ？
哪種好吃？

Seb[6] men[1] go[2] zung[2] bou[1] tong[1] zeo[6] mou[5] so[2] wei[6]
小 販 ： 十 蚊 果 種 ， 煲 湯 就 冇 所 謂 。
十塊錢那種，煮湯還可以。

Mai[5] seb[6] ng[5] men[1] ni[1] zung[2] la[1] yeo[6] song[2] yeo[6] tim[4]
買 十 五 蚊 呢 種 啦 ， 又 爽 又 甜 。
買十五塊這種吧，又脆又甜。

Yed[1] fen[1] qin[4] yed[1] fen[1] fo[3] yed[1] xig[6] hei[6] m[4] tung[4] ga[3]
一 分 錢 一 分 貨 ， 一 食 係 唔 同 㗎 。
一分錢一分貨，一吃就知道不同的。

Ngo5 yiu3 yed1 fen6 seb6 ng5 men1 gé3 la1
客人：我要一份十五蚊嘅啦。
我要一份$15的。

Néi5 gan2 bin1 fen6
小販：你揀邊份？
你挑哪一份？

Néi5 xi6 dan6 zeb1 yed1 fen6 béi2 ngo5 la1
客人：你是旦執一份畀我啦。
Fen6 fen6 dou1 ca1 m4 do1 zé1
份份都差唔多啫。
你隨便挑一份給我吧。每份都差不多。

聽力測試 0614(2).mp3

9. 十五蚊果種蘋果，點樣好食法呀？
10. 佢冇用乜嘢方法揀蘋果呀？

會話五：買襯衫 0615.mp3

Ni1 gin6 sêd1 sam1 xi3 m4 xi3 deg1
客人：呢件恤衫試唔試得？
這件襯衫可以試嗎？

Deg1 néi5 gen1 ngo5 lei4 xi3 sen1 sed1 xi3 la1
售貨員：得，你跟我嚟試身室試啦。
可以，你跟我來試衣間試啦。

Ai3 ya6 Dim2 gai2 zung1 ma5 zêg3 héi2 man1 man1 gen2 gé2
客人：哎吔！點解中碼著起揼揼緊嘅？
M4 tung1 zêu3 gen6 féi4 zo2
唔通最近肥咗？
唉！怎麼穿起中號這樣緊？難道最近胖了？

Sed6 hei6 xig6 deg1 xiu1 yé2 do1 leg3
實係食得宵夜多嘞。
Yiu3 ha5 xin1 deg1
要keep吓fit先得。
一定是吃夜宵多了。要好好鍛鍊鍛鍊。

售貨員：

Ni1 fun2 tib3 sen1 gé3
呢 款 貼 身 嘅 ，
ho2 neng4 yiu3 dai6 di1 sai1 xi2 ji3 ngam1
可 能 要 大 啲 晒 士 至 啱 。
這款式貼身，可能要大一號才合適。

Wag6 zé2 néi5 xi3 m4 xi3 ha5 ni1 gin6-2
或 者 你 試 唔 試 吓 呢 件 ？
Ni1 gin6 sung1 sen1 di1 gé3
呢 件 鬆 身 啲 嘅 。
或者你試試這件吧。這件寬身一點。

客人：

Ni1 gin6 dai6 ma5 Ngo5 zung1 yi3 sung1 sen1 go2 gin6
呢 件 大 碼 OK 。 我 鍾 意 鬆 身 果 件 ，
di1 liu2 hou2 xu1 fug6
啲 料 好 舒 服 。
這件大號的可以。我喜歡寬身的那件，衣料好舒服。

售貨員：

Mai5 m4 mai5 do1 yed1 gin6-2 Dei6 yi6 gin6 ced1 jid3 wo3
買 唔 買 多 一 件 ？ 第 二 件 七 折 喎 。
要不要多買一件？第二件打七折。

客人：

Jig1 hei6 péng4 géi2 do1 a3
即 係 平 幾 多 呀 ？
那實際是便宜多少？

售貨員：

Péng4 bag3 géi2 men1 ga3
平 百 幾 蚊 㗎 。
Nan4 deg1 gem3 ngam1 sen1 yeo6 m4 guei3
難 得 咁 啱 身 又 唔 貴 ，
便宜一百多元。難得合身又不貴，

mai5 lêng5 gin6 m4 tung4 xig1 gé3
買 兩 件 唔 同 色 嘅 ，
cen3 sam1 mou5 gem3 mun6 ma3
襯 衫 冇 咁 悶 嘛 。
買兩件顏色不同的，搭配衣服多變化，不怕沉悶。

客人：

Dou1 hou2 la1 Yed1 gin6 ji2 xig1
都 好 啦 。 一 件 紫 色 、
yed1 gin6 fen2 hung4 xig1 la1
一 件 粉 紅 色 啦 。
也好。一件紫色、一件粉紅色吧。

聽力測試

0615(2).mp3

11. 第一件試嘅恤衫，點解著唔落呀？
12. 佢覺得係咩原因令到佢肥咗？
13. 佢買邊款衫呀？
14. 佢買咗邊兩隻色嘅衫呀？
15. 售貨員冇用邊種方法叫客人買多啲嘢呀？

重點詞彙

0621.mp3

粵語拼音	粵語	普通話
cung1 lêng4 yig6	沖涼液	沐浴露
cung1 lêng4	沖涼	淋浴、洗澡
péi4 fu1	皮膚	
wad6	滑	
ma1 zong1	孖裝	兩瓶套裝（孖是一雙）
leo6	漏	遺漏、忘了
bui1 min6	杯麵	
ga3 léi1	咖喱	
gung1 zei2 min6	公仔麵	方便麵
dai6 ba2 fo3	大把貨	有很多存貨
lan5 dou3 cêd1 zeb1	懶到出汁	非常懶惰
héi3 sêu2	汽水	
cen3	趁	
noi6 m4 noi2	耐唔耐	不久、偶爾
sêng1	箱	
toi4	抬	
ging6	勁	
zei1	擠	放、擺
han1	慳	節省（另見初學廣東話114頁）
ping4 guo2	蘋果	
yeo6 song2 yeo6 tim4	又爽又甜	又脆又甜

粵語拼音	粵語	普通話
zeb^{1}	執	撿起、收拾
tib^{3} sen^{1}	貼身	
liu^{2}	料	物料
xu^{1} fug^{6}	舒服	
jig^{1} hei^{6}	即係	等於是 that is
cen^{3} sam^{1}	襯衫	搭配衣服
ji^{2} xig^{1}	紫色	
fen^{2} hung^{4} xig^{1}	粉紅色	

道地表達

0631.mp3

一、公仔麵

內地叫方便麵，台灣叫速食麵，新加坡叫快熟麵。香港人叫公仔麵是因為第一家在香港開廠生產和推廣方便麵的公司叫公仔Doll，所以港人就把品牌當成名字，沿用至今。現在港人最喜歡的方便麵品牌是出前一丁，公仔就轉以速食點心為主要業務。

二、「大把」意思是很多。例：大把錢、大把時間。

也可以講反話：得兩個咁大把　只有兩個那麼少

三、執的用法（另見《説好廣東話》，110頁）

hoi^{1} sem^{1} guo^{3} zeb^{1} dou^{2} gem^{1}
開 心 過 執 到 金　超開心

zeb^{1} dou^{2} bou^{2}
執 到 寶　撿到便宜貨、得到好東西

déi^{6} sêng^{6} zeb^{1} dou^{2} bou^{2} men^{6} tin^{1} men^{6} déi^{6} lo^{2} m^{4} dou^{2}
地 上 執 到 寶 ， 問 天 問 地 攞 唔 到
在地面撿到寶，誰都不可以拿走

easy執　很容易做到

hou² yi⁶ zeb¹ deo² gem² zeb¹
好易，執豆咁執 很容易做到，沒難度(就像在地上撿豆子)

zeb¹ fan¹ sen¹ coi²
執番身彩 運氣好，避過了一場災劫，撿回一條命

例：早一日返嚟，避開打風，真係執番身彩

zeb¹ xu¹ hang⁴ teo⁴ cam² guo³ bai⁶ ga¹
執輸行頭，慘過敗家

因為慢而常吃虧，比敗家更沒用

語法講解

0641.mp3

gem²
形容 + 粵 咁 + 動詞 = 普 地、的

Yed¹ sêng¹ yed¹ sêng¹ gem² toi⁴ di¹ héi³ sêu² fan¹ ug¹ kéi²
1. 一箱一箱咁抬啲汽水返屋企。

把汽水一箱一箱地抬回家。

Ju² yen⁴ ga¹ hou² yid⁶ qing⁴ gem² jiu¹ fu¹ hag³ yen⁴
2. 主人家好熱情咁招呼客人。

主人家熱情地招呼客人。

Xiu² peng⁴ yeo¹ hou² hoi¹ sem¹ gem² cêng³ go¹
3. 小朋友好開心咁唱歌。

孩子高興地唱歌。

Séng⁴ ban¹ yen⁴ hi⁴ hi¹ hê⁴ hê⁴ gem² cung¹ cêd¹ hêu³
4. 成班人唏唏噓噓咁衝出去。

一群人洶湧地衝出去。

表達能力測試

1. 配對廣東話音譯詞與原來的英語

濕平	order

柯打	number one
冧巴溫	bow tie
些牙	share
煲呔	shopping

2. 配對詞語的意思

好似一舊飯咁	只會勞動、野蠻
好似一舊雲咁	花枝招展
好似一隻雀咁	太輕、沒感覺
好似一隻牛咁	迷糊、糊塗
好似一陣風咁	笨

3. 配對常用形容方法

痕到	烏吓烏吓
貴到	跳舞
嬲到	飛起
眼瞓到	出煙
嘈到	拆天咁

4. 哪句的意思是有好處？

a. 找清條數　b. 條數好襟計　c. 有你着數　d. 講掂數

5. $232.50 的常用講法是

a. 二百卅二個半　b. 兩百三十二個半　c. 二百三十二個五
d. 兩百卅二蚊半

6. **請糾正用詞錯誤，講出正確句子**

快十二點鐘喇。

7. **請糾正語法錯誤，講出正確句子**

你多等兩個字啦。

發音練習

一、請選出廣東話發音不同的漢字

1. a. 宏 b. 紅 c. 虹 d. 鴻
2. a. 駁 b. 博 c. 伯 d. 縛
3. a. 互 b. 戶 c. 護 d. 虎

二、漢字與發音配對

4.

北	bui[3]
備	beg[1]
貝	pui[5]
倍	béi[6]

5.

揮	wui[6]
灰	wei[6]
惠	fei[1]
匯	fui[1]

三、請寫出漢字的廣東話發音

漢語拼音	廣東話拼音	漢字
6. liao		[4]僚撩寮燎瞭療遼聊寥 [5]了 [6]料廖

漢語拼音	廣東話拼音	漢字
7. ruo		6 若弱
8. zai		1 災哉栽　2 宰　3 再載　6 在

笑笑廣東話

0651.mp3

1. 買衫

老婆：唉！買咗件衫唔啱，唔想搭車過海返去換。
老公：點解你成日買完衫要換嘅？點解唔揀有得試身嘅呢？試啱先買嘛！
老婆：有得試果啲都冇件啱！

2. 中秋節買木瓜

過幾日就係中秋節。今日喺生果檔，$10買到四個木瓜，日本蘋果一個賣$15。老闆話賣得平係因為過節冇人買木瓜。「瓜」，廣東話係死嘅代詞。例：瓜咗、瓜柴、瓜老襯。邊個想過時過節木木獨獨咁瓜(死)？

蜜瓜又食唔食得？可以係：「勿瓜」即係唔好死(不要死)？密密有人瓜(頻頻有人死)？甜蜜蜜咁瓜(甜蜜地死去)？

節瓜、苦瓜，就一定唔食喇。

南瓜發音似「難瓜」，可以食呀可？

另外仲諗起過節唔可以食蕉(失敗)、白果(即銀杏，音似白做沒結果)、冬瓜豆腐(死的代詞，都是軟的東西)、梅菜(倒霉同音)、鹹魚(死屍)。

0651(2).mp3

錯得好有趣

①周圍有好多**葡萄**pou^4 tou^4，無論個**葡萄**有幾細，裏面都有好多嘢。

舖頭 pou^3 teo^2

②**去買底褲** hêu^3 mai^5 dei^2 fu^3

馬爾代夫 Ma^5 Yi^5 Doi^6 Fu^1

答案

聽力測試

會話一

1. a. 朋友用開話好好用嘅　b. 隨便揀一 set
   c. 十幾個櫃嘅沖涼液　d. 冇特價嘅沖涼液
2. a. 女人有會員咭，可以幫佢慳錢　b. 女人用開呢隻沖涼液覺得好用
   c. 佢搵到一 set 孖裝好抵買　d. 用呢種沖涼液會好好彩
3. a. 佢擺咗啲錢喺屋企　b. 佢冇帶會員咭　c. 佢唔係會員
   d. 佢只有屋企人嘅附屬咭

會話二

4. a. 公仔麵同杯麵差唔多價錢　b. 杯麵有咖喱味同海鮮味，公仔麵冇
   c. 佢冇煲煮麵　d. 怕洗碗麻煩
5. a. 一定要咖喱味　b. 最緊要平　c. 口味係佢中意嘅
   d. 人人都中意嘅咖喱海鮮味

會話三

6. a. 藥水　b. 汽水　c. 糖水　d. 支裝水
7. a. 啲人好鍾意擺汽水喺屋企　b. 啲人唔知呢隻汽水時時減價
   c. 好耐冇減過咁勁，而且只係減一日
   d. 今日係第一日減價，但係驚聽日冇貨
8. a. 佢唔想排隊買嘢　b. 佢唔志在慳一蚊　c. 佢唔飲汽水
   d. 佢費事抬一箱汽水

會話四

9. a. 煲湯好甜　b. 又爽又甜　c. 一食個人就唔同咗　d. 唔煲得湯
10. a. 是旦揀一份十五蚊嘅　b. 邊種靚買邊種　c. 試食一啖蘋果
    d. 問小販意見

會話五

11. a. 衫領太緊　b. 件衫短切切　c. 售貨員畀咗細碼佢試　d. 衫身太緊
12. a.keep 極都唔 fit　b. 時時燒嘢食　c. 成日出街食飯　d. 食多咗宵夜
13. a. 貼身嘅恤衫　b. 鬆身嘅恤衫　c. 大碼恤衫　d. 啲料好硬嘅恤衫
14. a. 紫色同粉紅色　b. 紫色同深紅色　c. 橙色同鮮紅色
    d. 紫色同橙紅色

15. a. 買兩件，第二件七折，平咗百幾蚊　b. 啲恤衫有唔同顏色，方便襯衫　c. 試身室唔使排隊，可以慢慢試　d. 難得件衫咁啱身又唔貴

表達能力測試

0661.mp3

1.

濕平 seb^{1} ping^{4}	shopping 購物
柯打 o^{1} da^{2}	order 訂單，訂購，命令
冧巴溫 lem^{1} ba^{1}wen^{1}	number one 第一
些牙 sé^{1} nga^{4}	share 分享
煲呔 bou^{1} tai^{1}	bow tie 蝴蝶領結

2.

hou^{2} qi^{5} yed^{1} geo^{6} fan^{6} gem^{2} 好似一舊飯咁	笨
hou^{2} qi^{5} yed^{1} geo^{6} wen^{4} gem^{2} 好似一舊雲咁	迷糊、糊塗
hou^{2} qi^{5} yed^{1} zég^{3} zêg^{2} gem^{2} 好似一隻雀咁	花枝招展
hou^{2} qi^{5} yed^{1} zég^{3} ngeo^{4} gem^{2} 好似一隻牛咁	只會勞動、野蠻
hou^{2} qi^{5} yed^{1} zem^{6} fung^{1} gem^{2} 好似一陣風咁	太輕、沒感覺（抽薄荷煙、吃又脆又薄的餅乾）

3.

hen^{4} dou^{3} tiu^{3} mou^{5} 痕到跳舞 癢	guei^{3} dou^{3} féi^{1} héi^{2} 貴到飛起
neo^{1} dou^{3} cêd^{1} yin^{1} 嬲到出煙 生氣	ngan^{5} fen^{3} dou^{3} wu^{1} ha^{5} wu^{1} ha^{5} 眼瞓到烏吓烏吓 睏
cou^{4} dou^{3} cag^{3} tin^{1} gem^{2} 嘈到拆天咁 吵	

4.

a. 找清條數　付清帳項

b. 條數好襟計　小數怕長計

c. 有你着數

d. 講掂數　談好條件

5.a

6. 就快十二點鐘喇。

7. 你等多兩個字啦。

發音練習　0671.mp3

一、

1. a. 宏 weng^{4}（紅虹鴻 hung^{4}）

2. c. 伯 bag^{3}（駁博縛 bog^{3}）

3. d. 虎 fu^{2}（互戶護 wu^{6}）

二、

4. 北 beg^{1}　備 béi^{6}　貝 bui^{3}　倍 pui^{5}

5. 揮 fei^{1}　灰 fui^{1}　惠 wei^{6}　匯 wui^{6}

三、

6. 了 liu　7. 弱 yêg　8. 在 zoi

第七課

點餐

Néi5 sêng2 xig6 med1
你想食乜？
Zêu3 hou2 la4 la2 séng1 log6 dan1 la3
最好嗱嗱聲落單喇。
你想吃什麼？快點菜。
Lêng5 go3 can1
兩個A餐。
兩個A餐。

會話一：茶餐廳早餐

0711.mp3

Zou2 can1 mai6 dou3 géi2 dim2 a3
客人：早餐賣到幾點呀？
早餐供應到幾點？

Seb6 yed1 dim2 bun3 Néi5 sêng2 xig6 med1
伙記：十一點半。你想食乜？
Zêu3 hou2 la4 la2 séng1 log6 dan1 la3 Geo3 zung1 ga3 la3
最好嗱嗱聲落單喇。夠鐘㗎喇。
11：30。你想吃什麼？快點菜。時間到了。

Lêng5 go3 can1
客人：兩個A餐。
兩個A餐。

Yiu3 tai3 yêng4 dan2 sug6 dan2 ding6 cao2 dan2
伙記：要太陽蛋、熟蛋定炒蛋？
煎雞蛋，要只煎一面、或要蛋黃煎熟的荷包蛋，
還是炒雞蛋？

Yiu3 tai3 yêng4 dan2
客人：要太陽蛋。
要只煎一面的荷包蛋。

Lêng5 fen6 dou1 hei6-2
伙記：兩份都係？
兩個都是？

Hei6
客人：係。
是。

Yiu3 ju1 zei2 bao1 ding6 heo5 do1 xi2
伙記：要豬仔包定厚多士？
要餐包還是烤厚片麵包？

Yed1 go3 ju1 zei2 bao1 yed1 fen6 heo5 do1 xi2
客人：一個豬仔包，一份厚多士。
一個要餐包，一個要烤厚片麵包。

伙記：Mou[5] yi[3] fen[2]、tung[1] fen[2]，mei[5] fen[2] deg[1] m[4] deg[1]？
冇意粉、通粉，米粉得唔得？
沒有意大利麵和通心粉，米粉可以嗎？

客人：Mou[5] so[2] wei[6]。Yiu[3] sa[3] dé[1] ngeo[4] yug[6] tong[1] mei[5] la[1]。
冇所謂。要沙嗲牛肉湯米啦。
無所謂。要沙茶醬牛肉湯米粉吧。

伙記：Can[1] ca[4] yem[2] mé[1]？
餐茶飲咩？
套餐要什麼飲料？

客人：Dung[3] yem[2] sei[2] m[4] sei[2] ga[1] qin[2]？
凍飲使唔使加錢？
冷飲料要加錢嗎？

伙記：M[4] sei[2]。
唔使。
不用。

客人：Yed[1] bui[1] dung[3] ling[2] ca[4]，xiu[2] tim[4]，zeo[2] bing[1]。
一杯凍檸茶，少甜，走冰。
Yed[1] go[3] yid[6] wa[4] tin[4]。
一個熱華田。
凍檸檬茶，少放糖，不要冰塊。一杯熱阿華田。
M[4] goi[1] béi[2] lêng[5] bui[1] guen[2] sêu[2] tim[1]。
唔該畀兩杯滾水添。
請給我兩杯開水。

聽力測試

0711(2).mp3

1. 早餐賣到幾點呀？
2. 佢哋冇點乜嘢食？
3. 佢叫咗乜嘢凍飲呀？
4. 以下邊句係啱嘅？

會話二：茶餐廳午餐

0712.mp3

Yed1 go3 ga3 léi1 ngeo4nam5 fan6 yed1 bui1 ham4 ling2 ced1
客人：一個咖喱牛腩飯，一杯鹹檸七。
一個咖喱牛腩飯，一杯鹹檸檬七喜。

Néi5 yiu3 tou3 can1 ding6 san2 giu3
伙記：你要套餐定散叫？
Xi6 yed6 ng5 can1 ya6 bad3 men1 san2 giu3 séi3 seb6 men1
是日午餐廿八蚊，散叫四十蚊。
你要套餐還是單點？今天的午餐$28，單點$40。

Ga3 qin4 ca1 seb6 yi6 men1 gem3 yun5 yeo5 mé1 fen1 bid6
客人：價錢差十二蚊咁遠，有咩分別？
價格差那麼遠，有什麼區別？

San2 giu3 deo1 ngeo4nam5 dai6 di1 fen1 hoi1 sêng5
伙記：散叫兜牛腩大啲，分開上。
單點的牛腩分量多些，分開上的。

Ng5 can1 go3 zeb1 né1 zeo6 gem2 lem4 sêng5 min2 lo1
午餐個汁呢，就咁淋上面囉。
午餐的咖喱汁就直接澆在上面。

Ng5 can1 deg1 la3 Do1 fan6 m4 goi1
客人：午餐得喇。多飯唔該。
午餐可以了。請多給我一些米飯。

Wang4dim6 di1 ga3 léi1 dou1 hei6 lou1 mai4 di1 fan6 xig6 ga3 la1
橫掂啲咖喱都係撈埋啲飯食㗎啦。
反正咖喱都是拌飯吃的。

Dim2 wui5 tung4 go3 ho4 bao1 deo3 héi3 wo3
點會同個荷包鬥氣喎。
怎會亂花錢，跟自己過不去？

Deg1 Yiu3 zung1tong1 ding6 sei1 tong1
伙記：得。要中湯定西湯？
行。餐湯要中式還是西式？

Zung1tong1
客人：中湯。
中式例湯。

Can[1] ca[4] yem[2] mé[1] wa[2]
伙　記　：餐 茶 飲 咩 話 ？
你剛才說套餐要什麼飲料？

Ham[4] ling[2] ced[1]
客　人　：鹹 檸 七 。
一杯鹹檸檬七喜。

Ham[4] ling[2] ced[1] m[4] ho[2] yi[5] gen[1] can[1] ga[3] wo[3]
伙　記　：鹹 檸 七 唔 可 以 跟 餐 㗎 喎 。
鹹檸檬七喜不可以配套餐。

Gem[2] yiu[3] ca[4] zeo[2]
客　人　：咁 要 茶 走 。
那要熱奶茶加煉乳。

聽力測試　　0712(2).mp3

5. 咖喱牛腩飯，套餐同散叫差幾多錢呀？
6. 散叫嘅咖喱牛腩有乜嘢唔同？
7. 佢要乜嘢飲呀？
8. 佢點解最後飲奶茶呀？

會話三：快餐店買外賣

0713.mp3

Ni[1] bin[6] la[1] m[4] goi[1] Sêng[2] yiu[3] di[1] med[1] yé[5] a[3]
職　員　：呢 便 啦 ，唔 該 。 想 要 啲 乜 嘢 呀 ？
請你來這邊吧。想要什麼？

Yed[1] go[3] gug[6] ju[1] pa[2] fan[6]
客　人　：一 個 焗 豬 扒 飯 。
Sêng[2] m[4] yiu[3] cao[2] dei[2] yiu[3] bag[6] fan[6] deg[1] m[4] deg[1] ga[3]
想 唔 要 炒 底 ，要 白 飯 得 唔 得 㗎 ？
一個烤鮮茄豬排飯。不想配炒飯，可以要白米飯嗎？

Gug[6] hou[2] sai[3] mou[5] deg[1] goi[2] ga[3] wo[3]
職　員　：焗 好 晒 ，冇 得 改 㗎 喎 。
已經做好了，不能改。

第七課
點餐

Gem² xun³ la¹
客人：咁算啦。
那就算了吧。

Yem² m⁴ yem² yé⁵ a³
職員：飲唔飲嘢呀？
要飲料嗎？

Yem² yé⁵ ga¹ géi² do¹ qin² a³
客人：飲嘢加幾多錢呀？
飲料加多少錢？

Ga¹ do¹ lug⁶ men¹
職員：加多六蚊。
加六塊。

Ga³ fé¹ hei⁶ mei⁶ jig¹ mo⁴ ga³ fé¹ a³
客人：咖啡係咪即磨咖啡呀？
咖啡是即磨咖啡嗎？

Hei⁶ gong² xig¹ ga³ fé¹
伙記：係港式咖啡。
是港式煮咖啡。

Gem² yiu³ yid⁶ yun¹ yêng¹ la¹
客人：咁要熱鴛鴦啦。
那要一杯熱鴛鴦吧。

Hei² dou⁶ xig⁶ ding⁶ ling¹ zeo² a³
職員：喺度食定拎走呀？
在這裏吃還是帶走？

Ling¹ zeo² m⁴ goi¹
客人：拎走，唔該。
帶走，謝謝。

聽力測試 0713(2).mp3

9. 佢食焗豬扒飯，點解唔可以改成白飯？
10. 佢飲乜嘢呀？其實係用乜做㗎？
11. 跟飯加杯飲品要幾多錢呀？
12. 港式咖啡係點樣㗎？

會話四：買燒味

0714.mp3

Sêng1ping3 fan6 géi2 qin2 a3
客人：雙拼飯幾錢呀？
兩種燒味配米飯是多少錢？

Sêng1ping3 sam1 seb6, dan1 ping3 ya6 séi3.
伙記：雙拼三十，單拼廿四。
雙拼三十元，一種二十四元。

Ca1, yeo4 gei1 béi2 fan6, xiu2 fan6.
客人：叉、油雞肶飯，少飯。
叉燒、醬油雞腿配米飯，要少一點米飯。

Ca1 xiu1 yiu3 bun3 féi4 seo3 gé3, do1 zeb1.
叉燒要半肥瘦嘅，多汁。
叉燒要半肥瘦的，多放調味醬油。

Yeo4 gei1 yiu3 sêng6 béi2 ding6 ha6 béi2?
伙記：油雞要上肶定下肶？
醬油雞腿，你要上半還是下半？

Sêng6 béi2, do1 di1 gêng1cung1, m4 goi1.
客人：上肶，多啲薑葱，唔該。
上半邊腿，請多放薑葱蓉油。

Ling6 ngoi6 yed1 wun2 zai1 lai6,
另外一碗齋瀨，
yed1 go3 xiu1 ngo2 fan6, ling1 zeo2.
一個燒鵝飯，拎走。
一碗清湯瀨粉，一個燒鵝飯，外帶。

Qun4 bou6 ced1 seb6 men1.
伙記：全部七十蚊。
Di1 zêng3 fen1 hoi1 zong1, zung6 yeo5 fai3 ji2、qi4 geng1,
啲醬分開裝，仲有筷子、匙羹，
hei2 sai3 doi2 lêu5 min6 ga3 la3.
喺晒袋裏面㗎喇。
全部七十元。醬料分開包裝，還有筷子、勺子，
都放在袋子裏。

M⁴ goi¹ béi² go³ gai³ lad⁶ ngo⁵ la¹
客人：唔該畀個芥辣我啦。
請給我一個芥末醬。

聽力測試 0714(2).mp3

13. 佢買咗咩呀？
14. 佢要多一個乜嘢醬呀？
15. 佢要食點樣嘅雞呀？

重點詞彙

0721.mp3

粵語拼音	粵語	普通話
zou² can¹	早餐	
log⁶ dan¹	落單	點菜
tai³ yêng⁴ dan²	太陽蛋	只煎一面的荷包蛋 sunny side up
sug⁶ dan²	熟蛋	蛋黃煎熟的荷包蛋
ju¹ zei² bao¹	豬仔包	外脆內軟的小麵包
heo⁵ do¹ xi²	厚多士	烤厚片麵包
tung¹ fen²	通粉	通心粉
mei⁵ fen²	米粉	
sa³ dé¹ ngeo⁴ yug⁶	沙嗲牛肉	沙茶醬牛肉
can¹ ca⁴	餐茶	套餐的飲料
zeo² bing¹	走冰	不要冰塊
o¹ wa⁴ tin⁴	阿華田	Ovaltine，一種麥芽可可飲品，味道跟美祿Milo差不多
ga³ léi¹ ngeo⁴ nam⁵ fan⁶	咖喱牛腩飯	
ham⁴ ling² ced¹	鹹檸七	鹹檸檬七喜
tou³ can¹	套餐	
san² giu³	散叫	單點

粵語拼音	粵語	普通話
xi6 yed6 ng5 can1	是日午餐	
ga3 qin4	價錢	
fen1 bid6	分別	區別
deo1	兜	沙拉碗
fen1 hoi1	分開	
lem4	淋	澆
wang4 dim6	橫掂	反正
lou1 mai4	撈埋	拌在一起
tung4 go3 ho4 bao1 deo3 héi3	同個荷包鬥氣	亂花錢，跟自己過不去
zung1 tong1	中湯	中式例湯
sei1 tong1	西湯	西式湯，一般是羅宋湯、忌廉粟米湯
ca4 zeo2	茶走	奶茶加煉乳
gug6 ju1 pa2 fan6	焗豬扒飯	烤鮮茄豬排飯
cao2 dei2	炒底	配炒飯
jig1 mo4 ga3 fé1	即磨咖啡	
yun1 yêng1	鴛鴦	70%奶茶混30%咖啡的飲料
sêng1 ping3	雙拼	兩種燒味
dan1 ping3	單拼	一種燒味
yeo4 gei1	油雞	醬油雞
gei1 béi2	雞髀	雞腿
gêng1 cung1	薑葱	薑葱蓉油
lai6 fen2	瀨粉	一種粗米粉
xiu1 ngo2	燒鵝	
zong1	裝	包裝、放袋子裏
fai3 ji2	筷子	
qi4 geng1	匙羹	勺子、羹匙
gai3 lad6	芥辣	芥末醬

道地表達

0731.mp3

荷包

錢包，廣東話是「銀包ngen4 bao1」。某些常用語中，會講「荷包」，例：

m4 wui5 tung4 go3 ho4 bao1 deo3 héi3
唔 會 同 個 荷 包 鬥 氣　不會亂花錢，跟自己過不去

ség3 ju6 ngo5 go3 ho4 bao1
錫 住 我 個 荷 包　不要亂花我的錢請吃飯或送禮物

heo2 song2 ho4 bao1 leb6
口 爽 荷 包 立　嘴巴爽快，輕易承諾，卻不願出錢

leb6
立　指黏乎乎，不容易拿上手

語法講解

0741.mp3

wang4dim6
粵 **橫掂** = 普 **反正**

Wang4dim6 di1 ga3 léi1 dou1 hei6 lou1 fan6 xig6 ga3 la1
1. 橫 掂 啲 咖 喱 都 係 撈 飯 食 㗎 啦 。
反正咖喱都是拌飯吃的。

Ngo5 bong1 néi5 seo2 la1 wang4dim6 ngo5 mou5 yé5 zou6
2. 我 幫 你 手 啦 ，橫 掂 我 冇 嘢 做 。
我來幫你吧，反正我沒事。

Log6 yu5 yeo4 sêu2 mou5 men6 tei4 wang4dim6 dou1 hei6 seb1 ga3 la3
3. 落 雨 游 水 冇 問 題 ，橫 掂 都 係 濕 㗎 喇 。
下雨游泳不是問題，反正身體都濕了。

表達能力測試

1. 配對適當量詞

一對	牙

一隻	樓
一張	料
一間	椅
一單	筷子

2. 看懂茶餐廳手寫單，配對意思

冬T	菜遠湯河
0T	檸檬蜂蜜(檸蜜)
K反	檸檬可樂(檸樂)
0勿	凍奶茶
06	雞扒飯
才可	檸檬茶

3. 配對左面的地方與右面的食材，寫出茶餐廳菜單

夏威夷	炒飯
瑞士	炒米
西班牙	奄列
廈門	粗炒
福建	菠蘿火腿扒
上海	雞翼

4. 快餐的紅湯、白湯是什麼？

a. 羅宋湯、忌廉粟米湯

b. 紅蘿蔔白蘿蔔排骨湯

c. 番茄薯仔湯
d. 雜菜湯、周打魚湯

5. 菠蘿包、豬仔包是按照什麼命名的？

a. 做包子的材料　b. 外型聯想到什麼　c. 包子的餡兒　d. 發明者

6. 請糾正語法錯誤，講出正確句子

我急急腳嘅跑過去

7. 請糾正語法錯誤，講出正確句子

識朋友唔好難唔好難

發音練習

一、請選出廣東話發音不同的漢字

1.　a. 音　b. 欣　c. 茵　d. 因
2.　a. 周　b. 粥　c. 州　d. 舟
3.　a. 冠　b. 貫　c. 慣　d. 罐

二、漢字與發音配對

4.

惡	ngo^6
額	ad^3
遏	og^3
餓	$ngag^6$

5.

去	$hêu^3$
曲	$kêu^1$

區	wed[1]
屈	kug[1]

三、請寫出漢字的廣東話發音

漢語拼音	廣東話拼音	漢字
6.tong		[1]通 [2]桶筒統 [3]痛 [4]同銅童
7.mian		[4]眠棉綿 [5]免勉娩緬 [6]面麵
8.shui		[2]水 [3]稅說 [4]誰 [6]睡

笑笑廣東話

0751.mp3

1. 晚飯時間想食雞肶，走入美心快餐，收銀員話切雞肶$34 ！
吓？下午茶餐連紅豆冰都唔使咁貴喎！
我覺得係我喺唔適當時間食唔適當嘅嘢，要畀罰款。晚飯食個咖喱雞飯咪好囉！餐牌有，$35價錢好合理。

2. 嚟到香港，好多嘢都慣晒喇。天氣慣咗，夜瞓慣咗，連食叉燒飯食到厭都慣咗。
茶餐廳啲嘢唔係唔好食，不過食乜嘢都只喺得一種canteen味。

0751(2).mp3

錯得好有趣

①伙記：你要大辣定小辣？
客人：隨便啦。**咁** gem[3] **辣**，我都可以**折壽** jid[3] seo[6]
更 geng[3]　　接受 jib[3] seo[6]
咁辣：這麼辣，嫌太辣。

②唔該一杯**凍奶茶** dung[3] nai[5] ca[4]
凍檸茶 dung[3] ling[2] ca[4]
（服務員總是搞錯，已經不想開口搞清楚，來了什麼都照樣喝。）

答案

聽力測試

會話一

1. a.11:00　b.10:30　c.11:30　d.11:45
2. a.豬仔包　b.太陽蛋　c.厚多士　d.炒蛋
3. a.檸檬茶　b.奶茶　c.阿華田　d.檸檬水
4. a.跟餐有一杯熱飲，凍飲要加三蚊
   b.跟餐叫熱飲、凍飲一樣唔使加錢　c.早餐唔包飲品
   d.叫咗滾水，唔可以再叫飲品

會話二

5. a.$28　b.$40　c.$12　d.$20
6. a.碗牛腩同飯分開上　b.其實冇分別，乜都冇少到
   c.舊牛腩大啲　d.啲牛腩淋喺飯上面
7. a.中湯同鹹檸七　b.中湯同茶走　c.羅宋湯同奶茶　d.鹹檸七
8. a.佢要拎走杯茶　b.佢鍾意甜，唔鍾意鹹
   c.佢本來想飲嘅嘢唔可以跟套餐　d.佢趕住走

會話三

9. a.因為廚師唔得閒煮飯　b.因為一早已經整好咗
   c.因為要加六蚊　d.因為白飯賣晒
10. a.熱鴛鴦，即係奶茶加咖啡　b.凍鴛鴦，係用鮮奶沖奶茶
    c.熱鴛鴦，即係咖啡加檸檬　d.凍鴛鴦，即係忌廉溝鮮奶
11. a.兩蚊　b.十六蚊　c.唔使錢　d.六蚊
12. a.同即磨咖啡一樣　b.凍咖啡加雪糕
    c.用咖啡壺煲出嚟嘅　d.蒸餾咖啡，加煉奶飲嘅

會話四

13. a.兩碗瀨粉，一盒飯　b.三盒飯，一碗瀨粉
    c.兩盒飯，一碗齋瀨　d.兩個雙拼飯，一個瀨粉
14. a.芥辣　b.薑葱　c.酸梅醬　d.豉油
15. a.油雞雞翼　b.油雞上肶　c.切雞全肶　d.油雞全肶

表達能力測試 0761.mp3

1.

一對筷子　一雙筷子

一隻牙　一顆牙齒

一張椅　一把椅子

一間樓　一個房子

一單料　一樁消息

2.

冬T	凍奶茶
0T	檸檬茶
K反	雞扒飯
0勿	檸檬蜂蜜(檸蜜)
06	檸檬可樂(檸樂)
才可	菜遠湯河

3.

夏威夷菠蘿火腿扒：用菠蘿的菜都叫夏威夷什麼的

瑞士雞翼：瑞士只是諧音sweet soy sauce甜醬油

西班牙奄列：奄列omelette即煎蛋餅，西班牙人叫tortilla，材料有雞蛋、馬鈴薯和洋葱，不過茶餐廳用煎蛋餅的餡是火腿、香腸和青椒。

廈門炒米：廈門人炒米粉不是酸甜味的

福建炒飯：炒飯上澆一個蠔油芡汁煮瑤柱絲、雞肉、蝦仁、菜心粒和草菇。福建沒有這種更像燴飯的濕炒飯。

上海粗炒：用老抽(色深帶甜的醬油)、瘦肉絲和椰菜(卷心菜、圓白菜)炒烏冬般粗的麵條。上海幾乎沒有這種炒麵，但在香港這是上海菜的代表。還有材料一樣的上海湯麵。

4.a

5.b

6.我急急腳咁跑過去

7.識朋友唔係好難

發音練習

0771.mp3

一、

1.a 音 yem^{1}（欣茵因 yen^{1}）　2.b 粥 zug^{1}（周州舟 zeo^{1}）

3.c 慣 guan^{3}（冠貫罐 gun^{3}）

二、

1. 菊 gug^{1}　具 gêu^{6}　拒 kêu^{5}　聚 zêu^{6}

2. 去 hêu^{3}　曲 kug^{1}　區 kêu^{1}　屈 wed^{1}

三、

1. 通 tung　2. 面 min　3. 水 sêu

第八課

談食物和環境

Wu[6] gog[3] za[3] deg[1] hou[2] sung[1] fa[3] hou[2] hêng[1] heo[2]
芋 角 炸 得 好 鬆 化 ，好 香 口 。
芋角炸得酥香，好可口！
Yid[6] dou[3] lad[3] zêu[2] xiu[2] sem[1] di[1] xig[6]
熱 到 辣 嘴 ，小 心 啲 食 。
很燙，小心吃！

會話一：吃麵條

0811.mp3

Ngo5 yiu3 yed1 wun2 sêu2 gao2 ho2 ga1 nam5 zeb1
男：我要一碗水餃河，加腩汁。
Néi5 yiu3 mé1 a3
你要咩呀？
一碗水餃河粉，加牛腩汁。你要什麼？

Yed1 go3 séi3 bou2 mei5 ga1 ji2 coi3
女：一個四寶米，加紫菜。
一個四寶米粉(魚丸、牛丸、墨魚丸、魚皮餃)，加紫菜。

Yeo4 coi3 yeo5 med1 yé5 coi3 a3
男：油菜有乜嘢菜呀？
有什麼青菜？

Coi3 sem1 tung1 coi3 gai3 lan2
伙記：菜心、通菜、芥蘭。
菜心、空心菜、芥蘭。

Yed1 dib6 gai3 lan2 zeo2 hou4 yeo4
男：一碟芥蘭，走蠔油。
一個芥蘭，不要蠔油。(不一會兒，食物都來了。)

Di1 yu4 dan2 hou2 dan6 nga4 Zéng3 Hou2 méi6
女：啲魚蛋好彈牙。正！好味！
Ngo5 béi2 neb1 ngeo4 yun2 néi5 la1
我畀粒牛丸你啦。
魚丸很爽、很有彈性。真好吃！我給你一個牛丸。

M4 goi1 Néi5 yiu3 m4 yiu3 sêu2 gao2 a3
男：唔該。你要唔要水餃呀？
Béi2 zég3 néi5 la1
畀隻你啦。
謝謝。你要不要水餃？給你一個。

Hou2 ag3 m4 goi1 Yeo5 mou5 lad6 jiu1 zêng3
女：好呃，唔該。有冇辣椒醬？
好，謝謝。有辣椒醬嗎？

Ni1 di1 yiu3 dim2 lad6 jiu1 yeo4 xin1 hou2 xig6 ga3 ma3

男：呢啲要點辣椒油先好食㗎嘛。

這些要醮辣椒油才好吃。

Wa3 Lad6 deg1 hou2 guo3 yen5

女：嘩！辣得好過癮！

Xig6 dou3 séng4 sen1 dai6 hon6 tim1

食到成身大汗添。

辣得很過癮！吃得滿頭大汗。

Ngo5 wun2 fen2 ma4 ma2 déi2 dad3 mai4 yed1 péd6 gem2

男：我碗粉麻麻哋，笪埋一pat咁。

我的河粉一般般，煮得黏糊糊的一糰。

Tong1 dei2 tai3 do1 méi6 jing1 xig6 yun4 hou2 heo2 gon1

湯底太多味精，食完好口乾。

湯頭太多味精，吃了口乾。

Di1 coi3 hou2 lou5 yeo5 za1

啲菜好老，有渣。

菜心很老，纖維很粗。

Néi5 xig6 med1 dou1 tan4

女：你食乜都彈，

gem2 yêng2 xiu2 hou2 do1 yen4 seng1 log6 cêu3

咁樣少好多人生樂趣。

你吃什麼都批評，這樣會少很多人生樂趣。

Néi5 med1 dou1 wa6 hou2 xig6 lab6 sab3 tung2 lei4 ga3

男：你乜都話好食，垃圾桶嚟㗎。

你什麼都說好吃，像個垃圾桶。

聽力測試 0811(2).mp3

1. 佢哋要咗乜嘢食？
2. 水餃河點解唔好食？
3. 魚蛋點樣好食呀？

會話二：吃點心

0812.mp3

男：
Di1 yé5 xig6 lei4 la3
啲嘢食嚟喇。
食物來了。

傳菜：
Léng4 yu4 keo4 yiu3 m4 yiu3 log6 wu4 jiu1 fen2
鯪魚球，要唔要落胡椒粉？
鯪魚球，要放胡椒粉嗎？

男：
Yiu3 M4 goi1 ga1 do1 di1 xi6 yeo4 tim1
要。唔該加多啲豉油添。
要，請多加點醬油。

傳菜：
Xiu1 mai2 fung6 zao2
燒賣、鳳爪……
燒麥、雞爪……

男：
Hei6 mei6 gao2 co3 zo2 Ngo5 déi6 mou5 giu3 fung6 zao2
係咪搞錯咗？我哋冇叫鳳爪。
搞錯了嗎？我們沒點雞爪。

傳菜：
O6 tei2 co3 dan1 gag3 léi4 toi2 gé3
哦，睇錯單，隔籬枱嘅。
噢！看錯了，是旁邊桌子的。

男：
M4 goi1 lo2 géi2 dêu3 gung1 fai3 lei4
唔該攞幾對公筷嚟。
請給我們幾雙筷子來分菜。
（服務員拿來筷子。他們開始吃點心。）

女：
Wu6 gog3 za3 deg1 hou2 sung1 fa3 hou2 hêng1 heo2
芋角炸得好鬆化，好香口。
芋角炸得酥香，好可口！

男：
Yid6 dou3 lad3 zêu2 xiu2 sem1 di1 xig6
熱到辣嘴，小心啲食。
很燙，小心吃！

Leo4 sa1 bao1 hou2 sung1 yun5 ngo5 déi6 yed1 yen4 yed1 bun3 la1

女　：　流 沙 包 好 鬆 軟 ，我 哋 一 人 一 半 啦 。

流沙包子很軟糯，我們分一半吧。

Yi5 ging1 xig6 zo2 la3 néi5 xig6 la1

男　：　已 經 食 咗 喇 ，你 食 啦 。

已經吃過了，你吃吧。

Ngo5 sêng2 xig6 zug1 Zég3 wun2 wu1 zou1 yiu3 wun6 guo3 zég3

我 想 食 粥 。隻 碗 污 糟 ，要 換 過 隻 。

我想吃粥。這個碗很髒，要換一個。

Gem2 néi5 xig6 mai4 di1 zug1 la1

女　：　咁 你 食 埋 啲 粥 啦 。

Ni1 go3 zou2 sen4 ma1 bou2 di1 zug1 héi1 leo1 leo1

呢 個 早 晨 孖 寶 ，啲 粥 稀 了 了 ，

那你吃粥吧。這個早晨雙點，粥太稀，

zêng1 wu4 gem2 di1 cêng2 fen2 zeo6 hou2 wad6 hou2 song2

漿 糊 咁 ，啲 腸 粉 就 好 滑 、好 爽 。

漿糊一樣，豬腸粉又滑又爽。

Xig6 dou3 ced1 ced1 bad3 bad3 zung6 yeo5 go3 pai4 gued1 méi6 lei4

男　：　食 到 七 七 八 八 ，仲 有 個 排 骨 未 嚟 ，

已經吃到差不多了。有一個排骨還沒來，

yed1 zen6 mai4 dan1 géi3 deg1 dan1

一 陣 埋 單 記 得check單 。

一會兒結帳，記得查清楚。

聽力測試　　0812(2).mp3

4. 邊個叫咗鳳爪？
5. 鯪魚球要加乜嘢調味料？
6. 點解男人想要一隻碗？

會話三：酒樓喝茶

0813.mp3

Hoi1 zo2 mé1 yé5 ca4 a3
男：開咗咩嘢茶呀？
點了什麼茶？

Ni1 wu4 pou2 léi2 ni1 wu4 tid3 gun1 yem1
女：呢壺普洱，呢壺鐵觀音。
這一壺是普洱茶，這一壺是鐵觀音。

Néi5 yiu3 bin1 yêng6 Ngo5 bong1 néi5 zem1 la1
你要邊樣？我幫你斟啦。
你要哪種茶嗎？我來倒吧。

Ji6 géi2 lei4 deg1 la3 M4 goi1 dei6 wu4 pou2 léi2 béi2 ngo5
男：自己嚟得喇。唔該遞壺普洱畀我。
自己來吧。請把普洱茶給我。

Di1 pou2 léi2 hou2 yung4 keo1 di1 guen2 sêu2 la1
女：啲普洱好溶，溝啲滾水啦。
普洱茶太濃，要滲開水。

Gem2 ngo5 yem2 tid3 gun1 yem1 la1
男：咁我飲鐵觀音啦。
那我喝鐵觀音。

Wu4 tid3 gun1 yem1 hou2 tam5 cung1 sêu2 go2 zen6
女：壺鐵觀音好淡，沖水果陣，
giu3 fo2 géi3 ga1 di1 ca4 yib6 xin1 deg1
叫伙記加啲茶葉先得。
鐵觀音茶太淡，加水的時候，要叫服務員多加些茶葉。

聽力測試

0813(2).mp3

7. 男人飲乜嘢呀？
8. 點解壺鐵觀音要加茶葉呀？

會話四：選擇小菜

0814.mp3

Ni1 zêng1 yung6 m4 yung6 deg1

阿花：呢張 coupon 用唔用得？

這張贈券可以用嗎？

Yung6 deg1 Néi5 déi6 sêng2 yiu3 ni1 go3 man5 xi5 tou3 can1 a4

伙記：用得。你哋想要呢個晚市套餐牙？

可以用。你們想點這個晚市套餐？

Giu3 tou3 can1 m4 sei2 nem2 gem3 do1 yeo6 dei2 xig6

阿花：叫套餐唔使諗咁多，又抵食。

Lei6 tong1 hei6 med1 yé5 a3

例湯係乜嘢呀？

點套餐就不用想，又值。例湯是什麼？

Lin4 ngeo5 bou1 ju1 gued1 Gan2 bin1 sam1 go3 sung3 a3

伙記：蓮藕煲豬骨。揀邊三個餸呀？

Séng4 go3 coi3 pai2 yem6 gan2

成個菜牌任揀。

蓮藕豬骨湯。選哪三個小菜？全個菜單隨你選。

Ngo5 déi6 tei2 ha5 xin1

阿花：我哋睇吓先。

我們先看看。（服務員走開了。）

Néi5 déi6 yeo5 di1 med1 yé5 m4 xig6 ga3

你哋有啲乜嘢唔食㗎？

你們有什麼不能吃的？

Ngo5 dêu3 ha1 hai5 men5 gem2 A3 Men5 gai3 zo2 ngeo4 yug6

阿偉：我對蝦蟹敏感，阿敏戒咗牛肉。

我對蝦蟹過敏，阿敏戒了牛肉。

Ni1 dou6 Sên6 Deg1 coi3 hou2 jing3 zung1

阿花：呢度順德菜好正宗，

yiu3 go3 dai6 lêng4 cao2 xin1 nai5 ping3 yé5 gei1 gün2 la1

要個大良炒鮮奶拼野雞卷啦，

jiu1 pai4 coi3 léi4 ga3

招牌菜嚟㗎。

這家順德菜很正宗，

要一個大良炒鮮奶拼野雞卷，是招牌菜。

Ngo5 hou2 sêng2 xig6 ha1 do1 xi2

阿明：我好想食蝦多士。

我很想吃蝦多士。

Jin1 za3 yé5 pa3 yid6 héi3, A3 Wei5 yeo6 m4 xig6 deg1 ha1

阿花：煎炸嘢怕熱氣，阿偉又唔食得蝦。

煎炸的食物容易上火，阿偉又不可以吃蝦。

Yiu3 ha1 ji2 yeo2 péi4 mui4 ji2 ngab2 la1, hou2 sung3 fan6

阿偉：要蝦籽柚皮、梅子鴨啦，好送飯。

要蝦籽柚皮、梅子鴨，佐飯好。

Hou2 ag3. Ni1 di1 sung3 hou2 ngam1 wei6 heo2, ping4 xi4 hou2 nan4 xig6 dou2

阿花：好呃。呢啲餸好啱胃口，平時好難食到。

好。這些菜很對我口胃，平常很難吃得到。

Tou3 can1 mou5 fan6 min6, yiu3 m4 yiu3 a3

阿明：套餐冇飯麵，要唔要呀？

套餐沒有主食，要嗎？

Di1 sung3 geo3 dai6 dib6, m4 pa3 m4 bao2. Giu3 bag6 fan6 deg1 la3

阿花：啲餸夠大碟，唔怕唔飽。叫白飯得喇。

菜的量夠多，不怕不飽。叫白米飯就好。

Yem2 m4 yem2 zeo2 a3

阿明：飲唔飲酒呀？

想喝酒嗎？

Ngo5 yiu3 za1 cé1, m4 yem2 deg1 zeo2

阿敏：我要揸車，唔飲得酒。

我要開車，不能喝酒。

Gem3 gou1 hing3, yem2 xiu2 xiu2 mou5 xi6 gé3

阿明：咁高興，飲少少冇事嘅。

這麼高興，喝一點點，沒事的。

Giu3 fo2 géi3 lei4 log6 dan1 la1

阿花：叫伙記嚟落單啦。

叫服務員來點菜吧。

聽力測試

0814(2).mp3

9. 佢哋冇揀邊個餸呀？
10. 佢哋點解唔叫蝦呀？
11. 佢哋揀菜果陣，考慮邊個原因呀？
12. 阿敏點解唔想飲酒呀？

會話五：餐廳選座位

0815.mp3

經理：Géi² wei² a³ Yeo⁵ wei² méi⁶ a³
幾位呀？有位未呀？
幾位？有座位了嗎？

客人：Mou⁵ déng⁶ toi² sam¹ go³ yen⁴
冇訂枱，三個人。
沒有訂桌，三個人。

經理：Gai³ m⁴ gai³ yi³ co⁵ ba¹ toi² a³
介唔介意坐吧枱呀？
介不介意坐櫃台前？

客人：Ba¹ toi² diu³ gêg³ sêng² co⁵ ka¹ wei²
吧枱吊腳，想坐卡位。
坐櫃台，腳不着地，我想坐包廂式雅座。

經理：Néi⁵ bad³ dim² qin⁴ béi² fan¹ zêng¹ toi² ngo⁵ deg¹ m⁴ deg¹
你八點前畀番張枱我，得唔得？
八點前結帳，可以嗎？

客人：Deg¹ néi⁵ di¹ coi³ sêng⁵ deg¹ qid³ zeo⁶ deg¹
得，你啲菜上得切就得。
Di¹ zé¹ bai² hei² bin¹ dou⁶
啲遮擺喺邊度？
可以，你上菜沒問題就可以。雨傘放在哪裏？

經理：Di¹ zé¹ gao¹ béi² ngo⁵ la¹ Céng² guo³ lei⁴ ni¹ bin⁶
啲遮交畀我啦。請過嚟呢便。
雨傘請交給我。請過來這邊吧。

Ni[1] zêng[1] toi[2] gen[6] mun[4] heo[2] do[1] yen[4] hang[4] cêd[1] hang[4] yeb[6]

客人：呢張枱近門口，多人行出行入，

這桌子靠近門口，進出的人多，不方便談話。

ngo[5] sêng[2] yiu[3] go[3] jing[6] di[1] gé[3] wei[2] king[1] gei[2]

我想要個靜啲嘅位傾偈。

我想要安靜的座位聊天。

Gem[2] mai[4] bin[6] go[2] zêng[1] la[1]

經理：咁埋便果張啦。

請坐裏面的桌子。

Ni[1] zêng[1] toi[2] dêu[3] ju[6] go[3] lang[5] héi[3] heo[2] tai[3] dung[3]

客人：呢張枱對住個冷氣口太凍，

cêu[1] ju[6] go[3] teo[4] m[4] xu[1] fug[6]

吹住個頭唔舒服。

這桌子面對着空調，太冷了，吹正頭頂不舒服。

Ngo[5] san[1] sei[3] di[1] lang[5] héi[3] la[1]

經理：我閂細啲冷氣啦。

我把空調調高一點。

Co[5] cêng[1] heo[2] wei[2] deg[1] m[4] deg[1] a[3]

客人：坐窗口位得唔得呀？

我想坐靠窗的桌子，可以嗎？

Go[2] bin[1] di[1] toi[2] yeo[5] yen[4] déng[6] zo[2]

經理：果邊啲枱有人訂咗。

那些桌子已經有人訂了。

M[4] goi[1] béi[2] zêng[1] deng[3] ngo[5] bai[2] yé[5]

客人：唔該畀張櫈我擺嘢。

請給我一把椅子放東西。

Jun[3] teo[4] béi[2] néi[5]

經理：轉頭畀你。

等一下給你。

聽力測試 0815(2).mp3

13. 佢哋要幾點離開餐廳呀？
14. 佢哋點解唔鍾意第一張枱呀？
15. 佢哋最後張枱喺邊度？

重點詞彙

0821.mp3

粵語拼音	粵語	普通話
sêu2 gao2 ho2	水餃河	水餃河粉
nam5 zeb1	腩汁	燉牛腩汁
séi3 bou2 mei5	四寶米	四寶米粉（魚丸、牛丸、墨魚丸、魚皮餃）
ji2 coi3	紫菜	
yeo4 coi3	油菜	水煮青菜
gai3 lan2	芥蘭	
hou4 yeo4	蠔油	
yu4 dan2	魚蛋	魚丸
dan6 nga4	彈牙	很爽、很有彈性
ngeo4 yun2	牛丸	
lad6 jiu1 zêng3	辣椒醬	
dim2	點	蘸
guo3 yen5	過癮	
dad3 mai4 yed1 péd6	笪埋一pat	黏糊糊的一糰
tong1 dei2	湯底	湯頭
méi6 jing1	味精	
za1	渣	渣滓
tan4	彈	批評
yen4 seng1 log6 cêu3	人生樂趣	
léng4 yu4 keo4	鯪魚球	
wu4 jiu1 fen2	胡椒粉	
xi6 yeo4	豉油	醬油
xiu1 mai2	燒賣	燒麥
fung6 zao2	鳳爪	雞爪
gung1 fai3	公筷	分菜用的筷子
wu6 gog3	芋角	
sung1 fa3	鬆化	酥脆
hêng1 heo2	香口	酥香

粵語拼音	粵語	普通話
lad3 zêu2	辣嘴	燙嘴巴
leo4 sa1 bao1	流沙包	流沙即奶黄餡包子
sung1 yun5	鬆軟	軟糯
zug1	粥	
yed1 zég3 wun2	一隻碗	一個碗
wu1 zou1	污糟	髒
ma1 bou2	孖寶	兩個優惠
héi1 leo1 leo1	稀了了	太稀
zêng1 wu4	漿糊	
cêng2 fen2	腸粉	拉布粉、豬腸粉
hou2 wad6 hou2 song2	好滑好爽	又滑又爽
ced1 ced1 bad3 bad3	七七八八	差不多了
pai4 gued1	排骨	
pou2 léi2	普洱	普洱茶
tid3 gun1 yem1	鐵觀音	
zem1	斟	倒(茶、水、酒)
yung4	溶	濃稠
keo1	溝	滲水、混合兩種飲料
tam5	淡	
cung1 sêu2	沖水	加水
ca4 yib6	茶葉	
tou3 can1	套餐	
lei6 tong1	例湯	
lin4 ngeo5 bou1 ju1 gued1	蓮藕煲豬骨	蓮藕豬骨湯
men5 gem2	敏感	過敏
gai3	戒	
ngeo4 yug6	牛肉	
Sên6 Deg1 coi3	順德菜	
jing3 zung1	正宗	
dai6 lêng4 cao2 xin1 nai5	大良炒鮮奶	

粵語拼音	粵語	普通話
dai6 lêng4 yé5 gei1 gün2	大良野雞卷	
ha1 do1 xi2	蝦多士	麵包片上放一隻蝦，炸至金黄酥脆
yid6 héi3	熱氣	上火
ha1 ji2 yeo2 péi4	蝦籽柚皮	
mui4 ji2 ngab3	梅子鴨	
sung3 fan6	送飯	佐飯、下飯
za1 cé1	揸車	開車
gou1 hing3	高興	
ba1 toi2	吧枱	酒吧櫃台
diu3 gêg3	吊腳	腳不着地
ka1 wei2	卡位	包廂式雅座
lang5 héi3	冷氣	空調
yed1 zêng1 deng3	一張櫈	一把椅子

道地表達

0831.mp3

一、例湯

例湯是中菜館、茶餐廳裏每天提供的老火湯，開門時就已準備好。免費送客人的例湯，常被戲稱味精水。廣東話歇後語：酒樓例湯——整定（意即預先做好，也是命中注定）。

二、敏感、過敏的用法

廣東話	普通話
皮膚敏感	皮膚過敏
佢神經過敏	他的神經很敏感

三、順德菜

順德菜屬粵菜，又稱鳳城菜，在香港有不少做順德菜的菜館。順德因地方富庶，人民講究飲食，喜用當地合時食材，烹調菜式南北菜、中西菜技法並用。

四、大良野雞卷

大良野雞卷並不使用雞肉，而是將肥、瘦豬肉和火腿切絲，蒸熟後再油炸而成。因此菜與清代隨園食譜所載的野雞卷相同，不過大良做法是1920年代由宜春園酒家創製的。

五、高興、開心

廣東話常用開心。高興一般用於與眾同樂的開心場面。

表達能力測試

1. 配對廣東話音譯詞與原來的英語

雲尼拿	doughnut
冬甩	cream
啫喱	cherries
車厘子	vanilla
忌廉	jelly

2. 哪個是炸雞？

a. 葡國雞　b. 貴妃雞　c. 風沙雞　d. 啫啫雞

3. 好好肉是形容什麼的？

a. 肉很多　b. 很好吃的肉　c. 高級的牛肉　d. 色情電影

4. **大頭蝦的意思是：**

a. 丟三落四的人　b. 一種越南海鮮，像瀨尿蝦　c. 聰明的寶寶
d. 警察

5. **大閘蟹是形容什麼人？**

a. 上海人
b. 身材健碩的人
c. 在股票市場虧大本的人
d. 橫行無忌的惡霸

6. **請糾正語法錯誤，講出正確句子**

借畀佢呢本書

7. **請糾正語法錯誤，講出正確句子**

呢個食唔得

發音練習

一、請選出廣東話發音不同的漢字

1. a. 雙　b. 爽　c. 霜　d. 孀
2. a. 壺　b. 狐　c. 胡　d. 忽
3. a. 黃　b. 皇　c. 荒　d. 王

二、配對發音相同的漢字

4.

克	嚇
渴	黑
客	貨
課	喝

5.

律	栗
旅	六
綠	李
履	裏

三、請寫出漢字的廣東話發音

漢語拼音	廣東話拼音	漢字
6. miao		4 苗描瞄　5 秒渺藐　6 妙廟
7. piao		1 漂飄　3 票　4 嫖
8. you		1 幽憂優　2 柚　3 幼　4 尤魷由油悠游遊猶郵　5 友有酉誘　6 又右佑祐

笑笑廣東話

0841.mp3

1. 酒樓叫啤酒

我：有咩啤酒？
伙記：嘉士伯、喜力、藍妹、哈爾濱
我吔猶疑兩秒，伙記就走咗去。
終於叫咗啤酒，啤酒嚟喇，冇杯，又叫伙記。
伙記：等陣，你坐定！
杯嚟喇，客人想要多一支啤酒。
伙記黑起面：啤酒逐支叫？！

2. 中西有別

香港人鍾意做出來嘅菜式要火候足，有鑊氣(炒得夠熱)，肉要有咬口(嚼勁)。呢啲要求都冇英文翻譯，外國人欣賞食物方式不同，米芝蓮推薦嘅中菜館，唔係香港食家嘅選擇。

0851.mp3

錯得好有趣

①我要**匙羹**qi⁴ geng¹

紙巾 ji² gen¹

②我唔**識駛**sei² 筷子

揸 za¹（拿）

有公主病牙？洗sei² 筷子都唔識？

答案

聽力測試

會話一

1. a. 水餃河、四寶米、芥蘭　b. 水餃麵、四寶河、芥蘭
   c. 油菜、牛腩河、紫菜魚蛋米
   d. 油菜、魚蛋牛丸米、紫菜水餃河
2. a. 湯底太鹹　b. 啲河粉笪埋一 pat　c. 水餃畀咗女仔食
   d. 唔夠牛腩汁
3. a. 好老、有渣　b. 同牛丸差唔多　c. 辣椒油辣得好過癮
   d. 好彈牙

會話二

4. a. 男人　b. 傳菜嘅搞錯　c. 女人　d. 隔籬枱嘅客人
5. a. 噏汁　b. 甜豉油　c. 胡椒粉　d. 辣椒醬
6. a. 要乾淨碗食粥　b. 佢隻污糟碗畀咗女人
   c. 佢要新碗，同女人分食流沙包　d. 佢幫女人換過隻碗
7. a. 普洱　b. 普洱溝滾水　c. 鐵觀音　d. 普洱溝鐵觀音
8. a. 太淡　b. 太溶　c. 叫伙記做啲嘢　d. 沖水就要加茶葉

會話三

9. a. 蝦籽柚皮　b. 蝦多士　c. 炒鮮奶　d. 梅子鴨
10. a. 有人食咗會敏感　b. 有人戒咗唔食　c. 怕熱氣
    d. 其他餸夠大碟，唔使叫咁多嘢
11. a. 人人都食得　b. 平時好難食到　c. 怕唔飽　d. 好啱胃口
12. a. 對酒敏感　b. 戒咗酒　c. 飲少少酒就冇事
    d. 要揸車，唔飲得酒

會話四

13. a. 八點半前　b. 八點前　c. 九點半　d. 啲菜上得切
14. a. 唔想坐吧枱　b. 好靜，聽到其他人傾偈　c. 周圍多人行出行入
    d. 近門口，唔近冷氣口
15. a. 有人訂咗嘅窗口邊　b. 門口卡位　c. 對住冷氣口嘅枱
    d. 有欖擺嘢嘅枱

表達能力測試

0861.mp3

1.

雲尼拿 wen^6 léi^1 la^2	vanilla 香草
冬甩 dung^1 led^1	doughnut 甜甜圈
啫喱 zé^1 léi^2	jelly 果凍
車厘子 cé^1 léi^4 ji^2	cherries 櫻桃
忌廉 géi^6 lim^{1a}	cream 奶油

2.

a. 葡國雞　咖喱粉加椰奶煮雞肉、土豆、胡蘿蔔、洋葱。這是澳門菜，不是葡萄牙菜。

b. 貴妃雞　蒸雞

<u>c. 風沙雞</u>

d. 啫啫雞　爆炒雞鍋

3.b

好好肉 hou^2 hou^2 yug^6：肉很多，很飽滿，像蟹、蜆、蠔、帶子、魚腩、火雞之類。（同義詞是啖啖肉 dam^6 dam^6 yug^6）

4.a

大頭蝦 dai^6 teo^4 ha^1 形容丟三落四的人。註：越南有大頭蝦，樣子只像普通大蝦。以前叫印巴裔警察做大頭綠衣，這是形容他們穿制服的樣子。

5.c 大閘蟹 dai^6 zab^6 hai^5

6.借呢本書<u>畀佢</u>

7.呢個<u>唔</u>食<u>得</u>

發音練習

0871.mp3

一、

1. b. 爽 song^{2}（雙霜孀 sêng^{1}）
2. d. 忽 fed^{1}（壺狐胡 wu^{4}）
3. c. 荒 fong^{1}（黃皇王 wong^{4}）

二、

4. 克黑 hag^{1}　渴喝 hod^{3}　客嚇 hag^{3}　課貨 fo^{3}
5. 律栗 lêd^{6}　旅裏 lêu^{5}　綠六 lug^{6}　履李 léi^{5}

三、

6. 秒 miu　7. 票 piu　8. 由 yeo

第九課

交通

M4 sei2 la3 A3 Kêng4 Yi1 ga1 dou1 m4 hei6 hou2 yé6
唔使喇，阿強。依家都唔係好夜，
Ngo5 dab3 déi6 tid3 fan1 hêu3 deg1 la3
我搭地鐵返去得喇。
不用了，阿強。現在不是很晚，我坐地鐵回去可以了。
Ga1 Yen1 bed1 yu4 ngo5 cé1 mai4 néi5 fan1 ug1 kéi2 la1
嘉欣，不如我車埋你返屋企啦。
嘉欣，不如我開車送你回家吧。

阿強：
Wa3 Xig6 yun4 fan6 séng4 seb6 dim2 géi2 seb6 yed1 dim2 la3 wo3
嘩！食完飯成十點幾十一點喇喎？！
吃飯後已經差不多十一點，很晚了。

Ga1 Yen1 bed1 yu4 ngo5 cé1 mai4 néi5 fan1 ug1 kéi2 la1
嘉欣不如我車埋你返屋企啦。
Ngo5 ga3 cé1 zeo6 ting4 hei2 gag3 léi4 gai1 ting4 cé1 cêng4
我架車就停喺隔籬街停車場。
嘉欣，不如我開車送你回家吧。
我的車就停在隔壁街的停車場。

嘉欣：
M4 sei2 la3 A3 Kêng4 Yi1 ga1 dou1 m4 hei6 hou2 yé6
唔使喇，阿強。依家都唔係好夜，
Ngo5 dab3 déi6 tid3 fan1 hêu3 deg1 la3
我搭地鐵返去得喇。
不用了，阿強。現在不是很晚，我坐地鐵回去可以了。

Néi5 cé1 ngo5 dou1 m4 hei6 gem3 sên6 lou6
你車我都唔係咁順路。
你送我也不順路。

阿強：
Néi5 ug1 kéi2 ken5 m4 ken5 déi6 tid3 zam6 ga3
你屋企近唔近地鐵站㗎？
你家靠近地鐵站嗎？

嘉欣：
Geng2 hei6 ken5 la1 hei2 zéng3 Lam4 Tin4 déi6 tid3 zam6
梗係近啦，喺正藍田地鐵站
sêng6 min6 tim1
上面添。
絕對靠近，就在藍田地鐵站正上面。

阿強：
Ni1 dou6 hang4 hêu3 déi6 tid3 zam6 yiu3 ca1 m4 do1
呢度行去地鐵站要差唔多
lêng5 go3 ji6 ga3 wo3
兩個字㗎喎。
這裏去地鐵站要差不多十分鐘的。

嘉欣：
M4 gen2 yiu3 la1 xig6 dou3 gem3 bao2 hang4 ha5 dou1 hou2
唔緊要啦，食到咁飽，行吓都好。
沒關係，吃得那麼飽，走走也好。

Gem2 hou2 la1 Néi5 ji6 géi2 xiu2 sem1 di1 la3
阿強 ： 咁 好 啦 。 你 自 己 小 心 啲 喇 。
Fan1 dou3 ug1 kéi2 béi2 go3 din6 wa2 ngo5 la1
返 到 屋 企 ， 畀 個 電 話 我 啦 。
那好。你自己小心。回到家，給我打個電話吧。

聽力測試

0911(2).mp3

1. 佢哋食完飯幾點喇？
2. 嘉欣點樣返屋企？
3. 嘉欣嘅屋企喺邊度呀？
4. 點解阿強想車嘉欣返屋企呀？
5. 阿強架車停咗喺邊度？

會話二：問朋友坐什麼車離開

0912.mp3

Néi5 hang4 bin1 bin6 a3
男 ： 你 行 邊 便 呀 ？
你走哪邊？

Ngo5 hang4 hêu3 go2 bin6 go3 ba1 xi2 zam6 dab3 cé1
女 ： 我 行 去 果 便 個 巴 士 站 搭 車 。
Néi5 dab3 med1 yé5 cé1 a3
你 搭 乜 嘢 車 呀 ？
我走到那邊的公共汽車站去坐車。你坐甚麼車？

Ngo5 dab3 dig1 xi2 Néi5 dab3 géi2 do1 hou6 ba1 xi2 a3
男 ： 我 搭 的 士 。 你 搭 幾 多 號 巴 士 呀 ？
我坐出租車。你坐幾路車？

Qin4 min6 go3 ba1 xi2 zam6 ca1 m4 do1 ga3 ga3 cé1 dou1 ngam1
女 ： 前 面 個 巴 士 站 ， 差 唔 多 架 架 車 都 啱 。
前面的公車站，差不多所有車都可以。

dab3 dou2 zeo6 zêu3 fai3
搭 到 5X 就 最 快 。
可以坐上5X路就最快。

Ngo5 lan5 deg1 hang4 hei2 dou6 jid6 cé1 Bai1 bai3 la3
男：我懶得行，喺度截車。拜拜喇。
我懶得走路，就在這裏攔出租車，再見。

Bai1 bai3 dei6 yed6 king1 la1
女：拜拜，第日傾啦。
再見，下次再談吧。

聽力測試 0912(2).mp3

6. 佢哋搭乜嘢車呀？
7. 女人搭幾多號巴士呀？
8. 男人喺邊度搭的士呀？

會話三：問路

0913.mp3

Qing2 men6 ni1 dou6 sé2 gé3 hei6 bin1 zo6 leo2 a3
女：請問呢度寫嘅係邊座樓呀？
請問這裏寫的是哪棟大樓？

M4 hei2 ni1 dou6 hei6 ken5 Ma5 Lei6 Yi1 Yun2 go2 bin1 ga3
男：唔喺呢度，係近瑪麗醫院果邊㗎。
不在這裏，其實是接近瑪麗醫院那邊的。

Ha2 Ni1 dou6 dim2 yêng2 hêu3 a3 Yeo5 géi2 yun5 a3
女：吓？呢度點樣去呀？有幾遠呀？
什麼？從這裏怎麼去？有多遠？

Hang4 lou6 hêu3 tai3 yun5 la3 dab3 cé1 la1
男：行路去太遠喇，搭車啦。
走路去太遠了，坐車吧。

Yeo5 hou2 do1 ba1 xi2 xiu2 ba1 hêu3 gé3
有好多巴士、小巴去嘅。
有很多公車、麵包車去的。

M4 goi1 ba1 xi2 zam6 hei2 bin1 dou6 a3
女：唔該，巴士站喺邊度呀？
請問公車站在哪裏？

Jun[3] yeo[6] jig[6] hang[4] zeo[6] wui[5] gin[3] dou[2] fu[4] seo[2] din[6] tei[1]

男　：轉 右 直 行 就 會 見 到 扶 手 電 梯 ，

向右拐，一直走，就會見到扶手電梯，

dab[3] din[6] tei[1] log[6] hêu[3] zeb[1] bin[1] zeo[6] hei[6]

搭 電 梯 落 去 ，側 邊 就 係 。

乘扶手電梯下去，旁邊就是。

聽力測試 0913(2).mp3

9. 女人要搵嘅地方近邊度？
10. 最好點樣去果座樓？
11. 點樣去巴士站呀？

會話四：投訴穿梭巴士服務

0914.mp3

Wei[3] néi[5] gan[1] gun[2] léi[5] gung[1] xi[1] dim[2] zou[6] yé[5] ga[3]

太后　：喂 ，你 間 管 理 公 司 點 做 嘢 㗎 ？

Jiu[1] zou[2] ga[3] ba[1] xi[2] tei[4] zou[2] hoi[1] yeo[6] m[4] cêd[1] tung[1] gou[3]

朝 早 架 巴 士 提 早 開 又 唔 出 通 告 ，

gao[2] dou[3] ngo[5] dab[3] m[4] dou[2]

搞 到 我 搭 唔 到 ！

你這管理公司是怎麼回事？早上的班車提早開又沒發通告，害我沒趕上！

Ban[1] cé[1] méi[6] geo[3] zung[1] yi[5] ging[1] co[5] mun[5] yen[4] mei[6] hoi[1] lo[1]

明哥　：班 車 未 夠 鐘 已 經 坐 滿 人 咪 開 囉 。

時間還沒到，班車就已經坐滿人，所以就開了。

Néi[5] déi[6] ban[1] cé[1] sé[2] ming[4] ced[1] dim[2] bun[3] hoi[1] ga[1] ma[3]

太后　：你 哋 班 車 寫 明 七 點 半 開 㗎 嘛 。

Ngo[5] zên[2] xi[4] lei[4] dou[3] mou[5] cé[1] dab[3] néi[5] wa[6] dim[2] xin[1]

我 準 時 嚟 到 冇 車 搭 ，你 話 點 先 ？

你們的班車列明七點半開的。我準時來到不能坐車，你説應該怎麼辦？

Gem[2] néi[5] zou[2] di[1] log[6] léi[4] dab[3] cé[1] deg[1] m[4] deg[1] a[3]

明哥　：咁 你 早 啲 落 嚟 搭 車 ，得 唔 得 呀 ？

那你可以早點來坐車嗎？

Ngo5 béi2 gem3 do1 qin2 gun2 léi5 fei3
太后：我畀咁多錢管理費，
néi5 giu3 ngo5 dab3 ga3 ba1 xi2
你叫我搭架巴士
dou1 hou2 qi5 lên4 gai1 jing3 gem2 sen4 zou2 léi4 pai4 dêu2
都好似輪街症咁晨早嚟排隊？！
我付那麼多管理費，你叫我坐班車像輪候政府診所看病服務一樣，大清早來排隊？

Gung1 xi1 yin4 geo3 gen2 ga1 do1 ban1 cé1
明哥：公司研究緊加多班車，
yiu3 ji1 sên1 yib6 ju2 wei2 yun4 wui2 gé3 yi3 gin3 xin1 deg1
要諮詢業主委員會嘅意見先得。
公司正在研究增加一班車，
要先諮詢業主委員會的意見才行。

Ji1 sên1 Ji1 sên1 To1 ji6 küd3
太后：諮詢！諮詢！拖字訣，
fu1 hin2 ngo5 za1 ma3
敷衍我咋嘛！
諮詢！諮詢！只是拖延敷衍我！

A3 zé1 ngo5 ag1 néi5 zou6 mé1 zég1
明哥：阿姐，我呃你做咩唧？！
Yeo6 mou5 zêng2 lo2 gé2
又冇獎攞嘅。
大姐，我騙你一點好處都沒有，不會拿獎的。

Néi5 gem2 tung4 ngo5 gong2 yé5-2
太后：你咁同我講嘢？
Sên3 m4 sên3 ngo5 néi5 a1 la4
信唔信我port你吖嗱！
你這樣態度跟我說話？我要投訴你。

聽力測試 0914(2).mp3

12. 點解架巴士早咗開走？
13. 太后點解唔肯早啲嚟搭車呀？
14. 太后點解要投訴？
15. 管理公司打算點樣改善穿梭巴士問題？

重點詞彙

0921.mp3

粵語拼音	粵語	普通話
ting^{4} cé^{1} cêng^{4}	停車場	
hei^{2} zéng^{3}	喺正	正好在
jid^{6} cé^{1}	截車	攔出租車、打車
yed^{1} zo^{6} leo^{2}	一座樓	一棟大樓
Ma^{5} Lei^{6} Yi^{1} Yun^{2}	瑪麗醫院	
fu^{4} seo^{2} din^{6} tei^{1}	扶手電梯	
zeb^{1} bin^{1}	側邊	旁邊
gun^{2} léi^{5} gung^{1} xi^{1}	管理公司	
tei^{4} zou^{2}	提早	
tung^{1} gou^{3}	通告	
lên^{4} gai^{1} jing^{3}	輪街症	到政府診所輪候看病，在街上排隊等待開門派輪候號碼
sen^{4} zou^{2}	晨早	大清早
yin^{4} geo^{3}	研究	
ji^{1} sên^{1}	諮詢	
wei^{2} yun^{4} wui^{2}	委員會	
yi^{3} gin^{3}	意見	
to^{1} ji^{6} küd^{3}	拖字訣	用拖延的方法
fu^{1} hin^{2}	敷衍	
ag^{1}	呃	欺騙
lo^{2} zêng^{2}	攞獎	拿獎
pod^{1}	port	report的縮短講法，用作投訴teo^{4} sou^{3}

道地表達

0931.mp3

一、特快巴士路線使用英文字母作express提示，例：5X、8P、88R、5S。

（更多路線提示，請見《初學廣東話》第十二課香港生活137-139頁）

二、側邊

因後面的唇音發生的音變	正音
側邊 **zeb¹** bin¹	側面 **zeg¹** min⁶
紮馬 **zab³** ma⁵	包紮傷口 bao¹ **zad³** sêng¹ heo²
新抱 **sem¹** pou⁵ 媳婦 其實是新婦的古音	新年 **sen¹** nin⁴
xiu³ dou³ gin³ **ngam⁴** m⁴ gin³ ngan⁵ 笑 到 見 牙 唔 見 眼	**nga⁴** yi¹ 牙 醫

三、香港人稱呼較年長的女性「阿姐a³ zé¹」，以示尊敬。

不過負責大廈清潔的女工，同樣叫「阿姐a³ zé¹」。普通話會講「阿姨a³ yi¹」，但是在香港，這只是稱呼媽媽的妹妹或朋友。要小心叫「阿婆a³ po⁴」、「婆婆po⁴ po²」，很多老人家聽了會受傷害。更嚴重的帶貶義的講法是「阿嬋a³ xim⁴」（客家話的阿嬸，歧視她是鄉村人）或「阿毛a³ mou⁴」（強調無知）。

語法講解

0941.mp3

動詞 + 粵 明（ming⁴） = 普 清楚、明白

1	Xi⁴ gan³ biu² sé² ming⁴ ced¹ dim² bun³ hoi¹ cé¹ 時 間 表 寫 明 七 點 半 開 車 。 時間表寫清楚七點半開車。

2	Zêng[1] dan[1] sêng[6] bin[6] lid[6] ming[4] ga[3] qin[4] 張 單 上 便 列 明 價 錢 。 單子上列清價錢。
3	Bai[2] ming[4] hei[6] go[3] pin[3] gug[6] 擺 明 係 個 騙 局 。 這明明擺着是個騙局。
4	Téng[1] m[4] téng[1] deg[1] ming[4] kêu[5] di[1] ying[1] men[2] 聽 唔 聽 得 明 佢 啲 英 文 ？ 你能聽懂他的英語嗎？

表達能力測試

1. 配對廣東話音譯詞與原來的英語

軨	lift
泵把	bumper
士巴拿	spanner
士啤軚	spare tire
咕啞	cushion

2. 填空

冇　緊　完　埋　得

a. 佢喺度等________人

b. 我________用過牙線

c. 你五點半走唔走________呀？

d. 等落________雨先出門口

e. 銀包、鎖匙同手機擺________一齊

3.「閒日」是什麼意思？

a. 星期六、星期日　b. 星期一至四　c. 空閒的日子　d. 假日

4. 穿梭巴士是

a. 班車　b. 免費接駁巴士　c. 巡環線巴士　d. 開篷觀光巴士

5. 哪句不是「唔對路」的常用講法？

a. 我哋一定係搵錯地方，個地圖唔對路嘅。
b. 我唔同意去果便，你唔對路。
c. 唔對路喎，我記得個路口位置唔係呢度㗎喎。
d. 佢最近好似唔對路，成日自言自語。

6. 請糾正用詞錯誤，講出正確句子

嫲嫲啱啱瞓咗，你唔要嘈佢。

7. 請糾正用詞錯誤，講出正確句子

我出門口，啱啱好開始落雨。

發音練習

一、請選出廣東話發音不同的漢字

1.　a. 骨　b. 股　c. 鼓　d. 古
2.　a. 代　b. 袋　c. 帶　d. 待
3.　a. 避　b. 鼻　c. 被　d. 逼

二、漢字與發音配對

4.

害	hoi^6
海	hai^4

孩	wan^4
還	hoi^2

5.

格	gog^3
個	go^3
各	geb^3
鴿	gag^3

三、請寫出漢字的廣東話發音

漢語拼音	廣東話拼音	漢字
6. sao		^{1}搔騷 ^{2}嫂 ^{3}掃
7. ming		^{4}名銘明冥鳴 ^{5}茗 ^{6}命
8. cang		^{1}倉滄蒼艙 ^{4}藏

笑笑廣東話

0951.mp3

走咗

- 老同學敍舊，講開冇出席嘅人，問起一位好耐冇見嘅同學點樣，有一個人答：「佢走咗」。所有人呆晒，心沉咗一下。講嘢嘅人即刻補充：「佢移民咗去加拿大」。大家苦笑，慨嘆自己眨吓眼已經人到中年，會面對親戚朋友去世，「走咗」，唔再指出國讀書或者同屋企人移民。
- 表姨嫁女，上門來派喜帖。媽媽問點解唔見表姨丈嚟？表姨喊起上嚟話：「佢走咗」。媽媽聽到一舊雲咁，老公啱啱死咗，個女點解急住結婚？而且表姨丈係點死㗎？表姨講落去，媽媽先明白，表姨丈同另一個女人走咗，離家出走，失咗蹤。
- 有一日，辦公室助理拎住公文袋嚟收帛金，我問：「邊個走咗？」
  佢話：「阿湯嘅，阿湯嘅」。
  我：「係喎！呢兩日冇見佢返工……不過，咁快就籌備好喪禮，嚟收帛金？」
  辦公室助理：「係阿湯個阿爸過咗身」。

0951(2).mp3

錯得好有趣

① 我唔想**塹**jin^{3}佢

見 gin^{3}

我 唔 想 塹(jin^{3}) 佢 底(dei^{2})(我不想成績比他差)

② 有冇**衛生巾**wei^{6} seng^{1} gen^{1} ?

洗手間 sei^{2} seo^{2} gan^{1}、廁所 qi^{3} so^{2}、toilet

(香港人不會講衛生間 wei^{6} seng^{1} gan^{1})

答案

聽力測試

會話一

1. a. 十點半　b. 十一點　c. 差唔多十一點　d. 十點零
2. a. 搭地鐵　b. 搭巴士　c. 散步行返去　d. 搭的士
3. a. 藍田地鐵站上面　b. 藍田地鐵站附近　c. 唔近任何地鐵站
   d. 由藍田站行去要兩個字嘅地方
4. a. 嘉欣係佢女朋友，唔送唔得
   b. 阿強擔心嘉欣一個人咁夜返屋企
   c. 擔心嘉欣搭唔到車
   d. 阿強架車泊到好遠，要嘉欣陪佢攞車
5. a. 隔籬街　b. 樓下　c. 對面停車場　d. 商場停車場

會話二

6. a. 搭巴士轉的士　b. 一個搭的士，一個搭巴士
   c. 搭巴士再搭地鐵　d. 喺巴士站截的士
7. a. 差唔多嘅巴士　b. 5號巴士　c. 最快嚟嘅巴士
   d. 好多架巴士都得
8. a. 佢好懶行　b. 等女人行去巴士站先　c. 就喺呢度
   d. 巴士站對面

會話三

9. a. 巴士站　b. 瑪麗醫院　c. 邊度都唔近　d. 電梯口
10. a. 喺巴士站搭車去　b. 行路　c. 搭電車　d. 搭的士
11. a. 轉右直行　b. 直行轉右，落一層樓　c. 喺側邊搭電梯
d. 搭扶手電梯落去

會話四

12. a. 一早坐滿人，所以開得車　b. 出咗通告，改早咗時間
c. 遲開會塞車　d. 加多咗班巴士
13. a. 佢冇畀管理費　b. 佢覺得搭穿梭巴士唔應該似輪街症
c. 太后唔鍾意排隊　d. 太后要管理公司加多班車畀佢
14. a. 業主委員會唔做嘢　b. 明哥唔答佢問題
c. 管理公司冇諮詢太后　d. 明哥服務態度差
15. a. 諮詢業主委員會加多班車　b. 畀個獎明哥
c. 呃太后有新嘅通告　d. 等到準時開車

表達能力測試　0961.mp3

1.

粒 lib^1	lift (elevator) 電梯、升降機
泵把 bem^1 ba^2	bumper 汽車保險杆
士巴拿 xi^6 ba^1 la^2	spanner 扳手
士啤軚 xi^6 bé^1 tai^1	spare tire 備用輪胎
咕啞 ku^1 sên^2	cushion 靠墊

2.

a. 佢喺度等緊人　b. 我冇用過牙線　c. 你五點半走唔走得呀？
d. 等落完雨先出門口　e. 銀包、鎖匙同手機擺埋一齊

3.

b. 閒日 han^4 yed^2，服務業者空閒的日子

4.

a. 穿梭巴士shuttlebus的縮寫

5.

a. 我哋一定係搵錯地方，個地圖唔對路嘅。（找錯地方）
b. 我唔同意去果便，你唔對路。（正確講法：你唔啱）
c. 唔對路喎，我記得個路口位置唔係呢度㗎喎。（不對勁）
d. 佢最近好似唔對路，成日自言自語。（神經病）

6. 嫲嫲啱啱瞓咗，你唔好嘈佢。
勸人不要做什麼，要説「唔好」。
「唔要」是不需要。

7. 我出門口，啱啱開始落雨。
好是用於好事，不同於剛好、剛巧。

發音練習 0971.mp3

一、
1. a.骨gued^{1}（股鼓古gu^{2}）
2. c.帶dai^{3}（代袋待doi^{6}）
3. d.逼big^{1}（避鼻被béi^{6}）

二、
4. 害hoi^{6}海hoi^{2}孩hai^{4}還wan^{4}
5. 格gag^{3}個go^{3}各gog^{3}鴿geb^{3}

三、
6. 掃sou 7. 名ming 8. 倉cong

第十課

談論天氣

Tin1 men4 toi4 wa6 gem1 man5 gua3 bad3 hou6 fung1 keo4 wo3
天文台話今晚掛八號風球喎！
氣象台的消息說今晚掛八號風球！
Yeo5 mou5 gao2 co3 a3 Fong3 gung1 xin1 lei4 da2 fung1
有冇搞錯呀？放工先嚟打風！
M4 tung1 lin4 go3 tin3 dou1 m4 zung1 yi3 ngo5-2
唔通連個天都唔鍾意我？
不是吧!下班颱風才到，難道連老天爺也不喜歡我?

會話一：好天氣

1011.mp3

Ni1 géi2 yed6 tin1 héi3 hou2 xu1 fug6
男：呢幾日天氣好舒服。
Di1 fung1 lêng4 zem3 zem3, hou2 song2
啲風涼浸浸，好爽！
這幾天天氣很舒服。風很清涼，很舒暢！

Hei6 a3 Nan4 deg1 lam4 tin1 bag6 wen4
女：係呀。難得藍天白雲，
mong6 ju6 go3 tin1 zeo6 hoi1 sem1
望住個天就開心。
是的。難得藍天白雲，看着一片天空就開心了。

Gen1 ju6 géi2 yed6 tin1 héi3 dim2 a3
男：跟住幾日天氣點呀？
接下來幾天，天氣怎麼樣？

Tin6 men4 toi4 wa6 hêu3 dou3 xing1 kéi4 lug6 zeo6 wui5 hou2 yid6
女：天文台話去到星期六就會好熱，
ca1 m4 do1 sa1-a6sam1 dou4
差唔多卅三度。
氣象台說到了星期六就會非常熱，差不多攝氏33度。

Ai6 Ngo5 hou2 pa3 yid6 Yed1 yid6 zeo6 séng4 sen1 hon6
男：唉！我好怕熱。一熱就成身汗，
我很討厭熱的天氣。一熱就全身汗水，

yed1 yed6 yiu3 cung1 géi2 qi3 dung3 sêu2 lêng4
一日要沖幾次凍水涼。
一天要淋冷水浴幾次。

Ngo5 zeo6 zung1 yi3 yid6 lad6 lad6, zêu3 ngam1 hêu3 hoi2 tan1 wan2
女：我就鍾意熱辣辣，最啱去海灘玩。
我就喜歡火辣辣的天氣，去海灘玩最合適。

Néi5 gu3 ju6 sai3 dou3 hag1 ma1 ma1, hou2 qi5 geo6 tan3 gem2 a3
男：你顧住曬到黑麻麻，好似舊炭咁呀！
你小心曬得皮膚黑黑，像一塊煤炭！

聽力測試 1011(2).mp3

1. 邊句唔係形容今日嘅天氣？
2. 男人點解唔鍾意熱的天氣？
3. 男人擔心女人曬完有咩問題呀？

會話二：打風

1012.mp3

Sam1 hou6 fung1 keo4 gua3 zo2 séng4 lêng5 yed6 la3
女：三號風球掛咗成兩日喇，
wui5 m4 wui5 jun3 bad3 hou6 a3
會唔會轉八號呀？
三號強風訊號發了整整兩天，會變成八號烈風訊號嗎？

Tin1 men4 toi4 wa6 gem1 man1 gua3 bad3 hou6 fung1 keo4 wo3
男：天文台話今晚掛八號風球喎！
氣象台的消息説今晚掛八號風球！

Yeo5 mou5 gao2 co3 a3 Fong3 gung1 xin1 lei4 da2 fung1
女：有冇搞錯呀？放工先嚟打風！
M4 tung1 lin4 go3 tin3 dou1 m4 zung1 yi3 ngo5-2
唔通連個天都唔鍾意我？
不是吧！下班颱風才到，難道連老天爺也不喜歡我？

Ug1 kéi2 géi3 deg1 san1 hou2 di1 cêng1 Ni1 go3 fung1 hou2 ging6
男：屋企記得閂好啲窗。呢個風好勁，
wang4 sou3 Féi1 Lêd6 Ben1 séi2 zo2 géi2 go3 yen4
橫掃菲律賓，死咗幾個人。
家裏要關好窗。這個颱風好厲害，橫掃菲律賓，死了幾個人。

Ngo5 gan1 fong2 go3 cêng1 toi4 log6 cen1 dai6 yu5 zeo6 leo6 sêu2
女：我間房個窗台落親大雨就漏水，
sêng6 qi3 hag1 yu5 zem3 dou3 séng4 go3 sêu2 tong4 gem2
上次黑雨，浸到成個水塘咁，
gem1 man5 m4 sei2 ji2 yi3 yeo5 gao3 hou2 fen3
今晚唔使旨意有覺好瞓。
我臥室的窗台每次下大雨就漏水，上次黑色暴雨警告，
家裏淹水像個水庫，今晚別指望可以安睡。

Yé⁶ man⁵ mou⁵ deg¹ fen³ ting¹ jiu¹ m⁴ hou² coi² zung⁶ yiu³ fan¹ gung¹

男：夜晚冇得瞓，聽朝唔好彩仲要返工，

nem² héi² zeo⁶ mou⁵ sem¹ géi¹

諗起就冇心機。

晚上不能睡，明天早上要是運氣不好還得上班，想想就沒心情。

聽力測試 1012(2).mp3

4. 而家掛緊幾號風球呀？
5. 佢哋對天文台決定有咩反應呀？
6. 女人今晚唔使做乜嘢呀？
7. 有關呢個颱風，乜嘢資料係唔啱㗎？

會話三：悶熱

1013.mp3

Lei⁵ bai³ hang⁴ san¹ géi¹ fu⁴ zung³ xu² di¹ tai³ yêng⁴ lad³ yug⁶ gé³

男：禮拜行山幾乎中暑，啲太陽辣肉嘅，

星期天爬山差點中暑，太陽很毒(令皮膚熱燙)，

yed¹ dig⁶ fung¹ dou¹ mou⁵ hou² qi⁵ gug⁶ song¹ na⁴ gem²

一啲風都冇，好似焗桑拿咁！

完全沒有風，就像桑拿浴。

Zung⁶ ga¹ mai⁴ lang⁵ héi³ géi¹ di¹ yid⁶ héi³ cêu¹ sai³ cêd¹ gai¹

女：仲加埋冷氣機啲熱氣吹晒出街，

yé⁶ man⁵ dou¹ m⁴ lêng⁴

夜晚都唔涼。

還加上空調的熱氣都排到街上，晚上也不涼快。

Gem³ ei³ gug⁶ hei⁶ mei⁶ zog³ da² fung¹

男：咁翳焗，係咪作打風？

那麼悶熱，有颱風來嗎？

Hei⁶ yeo⁵ go³ fung¹ lei⁴ gen² yi⁴ ga¹ yed¹ hou⁶ fung¹ keo⁴ la³

女：係有個風嚟緊，而家一號風球喇。

有颱風逼近，現在掛起一號戒備訊號。

Da2 m4 da2 zéng3 Hêng1 Gong2 a3
男：打唔打正香港呀？
颱風會吹襲香港嗎？

Yi4 ga1 go3 sei3 zeo6 hei6 cêu1 hêu3 Toi4 Wan1 gé3
女：而家個勢就係吹去台灣嘅。
現在的形勢是吹襲台灣的。

Ai6 Da2 fung1 m4 séng4 sam1 yed6 yu5
男：唉！打風唔成三日雨，
唉！打風不成三日雨，

yeo5 pai4 dou1 m4 hang4 deg1 san1 gug6 ju6 hei2 pao2 bou6 la1
有排都唔行得山，焗住喺gym跑步啦。
有一段時間都不可以爬山，只可以在健身房跑步了。

聽力測試 1013(2).mp3

8. 男人星期日做咗啲乜嘢呀？
9. 點解咁翳焗，夜晚都唔涼呀？
10. 邊句係形容而家嘅天氣呀？
11. 邊句係正確形容呢個風㗎？

會話四：潮濕

1014.mp3

Hou2 dai6 mou6 zeo1 wei4 mung4 ca4 ca4
男：好大霧，周圍蒙查查。
Wa3 Dêu3 min6 leo2 dou1 tei2 m4 dou2
嘩！對面樓都睇唔到。
霧很大，四周朦朦朧朧，對面的房子也看不到。

Ni1 pai4 yed6 yed6 dou1 tin1 yem1 yem1 seb1 leb6 leb6
女：呢排日日都天陰陰、濕立立，
di1 sam1 long6 gig6 dou1 m4 gon1 gan1 ug1 yed1 bung6 eb1 méi6
啲衫晾極都唔乾，間屋一碰噏味。
最近每天都是陰天，天氣潮濕，衣服晾不乾，房子一種霉味。

Dim2 ji2 Di1 péi2 fad3 sai3 mou1 hou2 wed6 ded6 a3

男：點止！啲皮發晒毛，幾核突呀！

不止這樣，皮革都發霉，好惡心！

Eo3 dou3 yen4 dou1 fad3 mou1 la1 Séng4 go3 yen4 gui6 lai4 lai4

女：咁到人都發毛啦。成個人攰拉拉！

Zêu3 zeng1 ni1 di1 gem2 gé3 tin1 héi3

最憎呢啲咁嘅天氣。

呆得人也發霉。總感到疲倦。最討厭這種天氣。

聽力測試（是非題） 1014(2).mp3

12. 今日好大霧，睇唔到對面樓。（是 / 非）
13. 因為間屋成日晾住衫，一碰噏味。（是 / 非）
14. 啲衫濕立立、發晒毛。（是 / 非）
15. 男人好憎啲天氣搞到佢攰拉拉。（是 / 非）

重點詞彙

1021.mp3

粵語拼音	粵語	普通話
lêng4 zem3 zem3	涼浸浸	清涼
song2	爽	
lam4 tin1 bag6 wen4	藍天白雲	
yed1 sen1 hon6	一身汗	
yed1 geo6 tan3	一舊炭	一塊煤炭
gua3 sam1 hou6 fung1 keo4	掛三號風球	發出三號強風訊號
fong3 gung1	放工	下班
géi3 deg1	記得	
san1 cêng1	閂窗	關窗
wang4 sou3	橫掃	
Féi1 Lêd6 Ben1	菲律賓	
cêng1 toi4	窗台	

粵語拼音	粵語	普通話
leo⁶ sêu²	漏水	
zem³	浸	
sêu² tong⁴	水塘	水庫
m⁴ sei² ji² yi³	唔使旨意	不要指望
zung³ xu²	中暑	
tai³ yêng⁴	太陽	
lad³ yug⁶	辣肉	皮膚熱燙
yed¹ dig⁶ fung¹	一啲風	一點涼風
gug⁶ song¹ na⁴	焗桑拿	桑拿浴
lang⁵ héi³ géi¹	冷氣機	空調
ei³ gug⁶	翳焗	悶熱
go³ sei³	個勢	這個形勢
yeo⁵ pai⁴	有排	有一段時間
gug⁶ ju⁶	焗住	被逼，沒有其他選擇
pao² bou⁶	跑步	
dai⁶ mou⁶	大霧	
mung⁴ ca⁴ ca⁴	蒙查查	朦朦朧朧、不清楚
tin¹ yem¹	天陰	陰天
seb¹ leb⁶ leb⁶	濕立立	潮濕、濕漉漉
long⁶ sam¹	晾衫	晾衣服
yed¹ bung⁶ eb¹ méi⁶	一碰噏味	一種霉味
péi²	皮	皮革
fad³ mou¹	發毛	發霉
wed⁶ ded⁶	核突	噁心、難看
eo³	吽	發呆、放着發酵
gui⁶ lai⁴ lai⁴	攰拉拉	感到疲倦、疲累
zeng¹	憎	討厭

一、八號風球

八號風球是天文台發出的熱帶氣旋烈風警告訊號，表示颱風吹襲香港，持續風力達每小時63至117公里。八號風球下，所有學校停課，股票停市，公共交通停駛，一般人不用上班。

熱帶氣旋警告訊號以數字表示其對香港威脅程度。一號是戒備訊號。三號是強風訊號。最高是十號風球，颶風持續風力達每小時118公里或以上，陣風更可能超過每小時220公里。

「掛風球」這個講法，源於以前天文台在全港各地設信號站，發出颱風警告時會掛起球狀信號(現可以在天文台博物館看到)。香港人習慣講取消颱風警告為「落風球」。

因為颱風很少造成傷亡，所以一般香港人視颱風吹襲為額外假期。

二、暴雨警告

黃色暴雨警告	表示香港廣泛下大雨一小時以上。
紅色暴雨警告	表示道路嚴重水浸，交通嚴重擠塞。
黑色暴雨警告	表示嚴重水浸及有山泥傾瀉、天氣極度惡劣，所有人須留在室內安全地方，直至暴雨警告取消。

mung4 ca4 ca4

三、蒙查查

意思是朦朧看不清，也可以是懵懂、蒙在鼓裏。

例1：喺冷氣地方出嚟，個眼鏡蒙查查。

例2：截止咗報名，佢仲蒙查查去遞申請表。

四、憎、恨、討厭

zeng1

憎　即討厭　例：最憎咁嘅天氣　最討厭這種天氣

hen6

恨　即渴望　例：我好恨放假　我渴望放假

tou2 yim3

討厭　表示強烈噁心　例：好討厭榴槤陣味　好討厭榴槤的氣味

一、粵 唔使旨意 = 普 不要指望

m4 sei2 ji2 yi3

1	Gem1man5 m4 sei2 ji2 yi3 yeo5 gao3 hou2 fen3 今晚唔使旨意有覺好瞓。 今晚別指望可以安睡。
2	Néi5 m4 sei2 ji2 yi3 zog3 ni1 di1 jig6 heo2 lei4 fu1 hin2 ngo5 你唔使旨意作呢啲藉口嚟敷衍我！ 你不要指望用這種借口來敷衍我。
3	Mou5 yed1 qin1 man6 m4 sei2 ji2 yi3 têu3 yeo1 冇一千萬，唔使旨意退休。 沒有一千萬，不要指望退休。
4	Ni1 dou6 giu3 tin1 bed1 ying3 giu3 déi6 bed1 men4 呢度叫天不應，叫地不聞， m4 sei2 ji2 yi3 yeo5 yen4 lei4 geo3 唔使旨意有人嚟救。 這裏叫天不應，叫地不聞，別指望有人來拯救。

二、粵 憎 = 普 討厭、恨

zeng1

1	Ngo5 hou2 zeng1 yen4 da2 jim1 我好憎人打尖！ 我討厭人插隊。
2	Ngo5 zeng1 kêu5 gong2 yed1 tou3 zou6 yed1 tou3 我憎佢講一套做一套。 我恨他說一套做一套。
3	Zeo6 ha5 yen4 dou1 m4 deg1 zeng1 séi2 kêu5 就吓人都唔得，憎死佢！ 就不可以遷就一下我嗎？我恨死他！
4	Log6 yu5 seb1 seb1 hou2 hed1 yen4 zeng1 落雨濕濕好乞人憎！ 下雨濕漉漉的天氣，惹人討厭。

表達能力測試

1. 配對完成句子

個天	黑咪麻，	好似非洲人咁
間房	黑萌萌，	就快落雨
去沙灘曬到	黑沉沉，	好似舊炭咁
隻雞翼燒到	黑古肋骨，	伸手不見五指

2. 配對形容方法

啲餸	滑劣劣
啲樓	散修修
啲皮膚	密質質
個隊形	爛溶溶
啲古蹟	淡茂茂

3. 哪句不是形容天氣熱？

a. 好似焗桑拿咁　b. 熱辣辣、香噴噴　c. 條街煎得熟雞蛋
d. 行兩步就大汗疊細汗

4. 哪句不是形容下雨的？

a. 淋到隻落湯雞咁　b. 好似倒水咁　c. 有遮都淋濕身
d. 顧住畀雷劈

5.「打風都打唔甩」是形容哪個情況？

a. 拍拖關係好穩定，一定會結婚　b. 棵樹好壯，啲根好粗
c. 好耐冇抹嘅污漬　d. 好厚嘅雲

6. **請糾正用詞錯誤，講出正確句子**

我等咗佢半天

7. **請糾正用詞錯誤，講出正確句子**

先先星期天

發音練習

一、請選出廣東話發音不同的漢字

1. a. 訟 b. 頌 c. 松 d. 誦
2. a. 歡 b. 幻 c. 患 d. 宦
3. a. 鈍 b. 頓 c. 遁 d. 盾

二、漢字與發音配對

4.

菊	罪
具	谷
拒	巨
聚	距

5.

尖	展
監	占
剪	檻
艦	纜

三、請寫出漢字的廣東話發音

漢語拼音	廣東話拼音	漢字
6. tang		¹湯 ²躺 ³燙趟 ⁴堂膛螳唐塘糖
7. suan		¹酸 ³算蒜
8. ou		¹歐鷗 ²嘔毆 ⁵偶藕

笑笑廣東話

1051.mp3

1. 結婚周年

外母問女婿：結婚25周年係銀婚，50周年係金婚，咁我哋40周年係乜嘢婚？

女婿就答喇：未分。結婚40年都未分開，已經好犀利！

2. 生日禮物

囝囝十歲生日，要手機做禮物。

媽咪：你咁細個，要個手機做咩呀？唔買。

囝囝：唉！人生有幾多個十年？

1051(2).mp3

錯得好有趣

①男仔鍾意**傻女** so⁴ nêu²。

索女 sog³ nêu²（美女）

②你真係**龜仔** guei¹ zei²。

乖仔 guai¹ zei²

答案

聽力測試

會話一

1. a. 熱到33度　b. 一浸風吹埋嚟，涼浸浸
   c. 藍天白雲，好好天　d. 好爽，好舒服
2. a. 唔想曬到好似舊炭咁　b. 一熱就成身汗，但係冇得沖涼
   c. 熱到成身汗，一日要沖幾次涼　d. 怕熱到病
3. a. 好似舊炭咁，好污糟　b. 曬到黑麻麻，唔靚
   c. 喺海灘冇水沖涼　d. 要小心黑麻麻，乜嘢都睇唔到

會話二

4. a. 八號風球　b. 三號風球　c. 一號風球　d. 今晚轉八號風球
5. a. 冇心機　b. 唔想返工　c. 快啲返屋企　d. 覺得好彩
6. a. 閂好屋企啲窗　b. 睇住窗台漏水情況
   c. check住幾時掛八號風球　d. 早啲瞓覺
7. a. 喺菲律賓果陣好勁　b. 今晚好近香港
   c. 呢個風打嚟香港打得好快　d. 橫掃菲律賓，死咗幾個人

會話三

8. a. 曬太陽　b. 喺gym跑步　c. 焗桑拿　d. 行山
9. a. 冷氣機壞咗，吹熱氣出嚟　b. 掛緊一號風球，作打風
   c. 有個風由台灣吹緊嚟　d. 落咗成三日雨，唔開得窗
10. a. 好多好多人中暑　b. 落完雨有一滴風
    c. 啲太陽熱到辣肉　d. 夜晚好似焗桑拿咁
11. a. 呢個風應該打正香港　b. 呢個風應該打正台灣
    c. 呢個風會令香港落三個鐘雨　d. 呢個風經過咗台灣

會話四

12. 是　13. 是　14. 非　15. 非

表達能力測試

1061.mp3

1.

go³ tin¹ hag¹ cem⁴ cem⁴ , zeo⁶ fai³ log⁶ yu⁵

個天黑沉沉，就快落雨

gan1 fong2 hag1 mi1 ma1，sen1 seo2 bed1 gin3 ng5 ji2
間房黑咪麻，伸手不見五指

hêu3 sa1 tan1 sai3 dou3 hag1 gu2 leg6 gueg6，hou2 qi5 féi1 zeo1 yen4 gem2
去沙灘曬到黑古肋骨，好似非洲人咁

zég3 gei1 yig6 xiu1 dou3 hag1 meng1 meng1，hou2 qi5 geo6 tan3 gem2
隻雞翼燒到黑萌萌，好似舊炭咁

2.

di1 sung3 tam5 meo6 meo6
啲餸淡茂茂

di1 leo2 med6 zed1 zed1
啲樓密質質

di1 péi4 fu1 wad6 lüd1 lüd1
啲皮膚滑劣劣

go3 dêu6 ying4 san2 seo1 seo1
個隊形散修修

di1 gu2 jig1 lan6 yung4 yung4
啲古蹟爛溶溶

3.b

4.d

5.a 打風都打唔甩（da2 fung1 dou1 da2 m4 led1）

6.我等咗佢半日

7.再上個星期日

發音練習

1071.mp3

一、

1.c 松 cung4（訟頌誦 zung6）
2.a 歡 fun1（幻患宦 wan6）
3.d 盾 tên5（鈍頓遁 dên6）

二、

4. 菊谷 gug1　具巨 gêu6　拒距 kêu5　聚罪 zêu6
5. 尖占 jim1　監尷 gam1　剪展 jin2　艦纜 lam6

三、

6. 湯 tong　7. 算 xun　8. 歐 eo

第十一課

健康狀況

Gin³ bin¹ dou⁶ m⁴ xu¹ fug⁶ a³
見邊度唔舒服呀？
有什麼不舒服？
Ngo⁵ lang⁵ cen¹ sêng¹ fung¹ ked¹ heo⁴ lung⁴ tung³
我冷親，傷風咳、喉嚨痛。
我着涼了，傷風咳嗽、喉嚨痛。

會話一：去診所看病

1111.mp3

Gin³ bin¹ dou⁶ m⁴ xu¹ fug⁶ a³
醫生：見邊度唔舒服呀？
有什麼不舒服？

Ngo⁵ lang⁵ cen¹ sêng¹ fung¹ ked¹ heo⁴ lung⁴ tung³
病人：我冷親，傷風咳、喉嚨痛。
我着涼了，傷風咳嗽、喉嚨痛。

Yeo⁵ mou⁵ fad³ xiu¹ a³
醫生：有冇發燒呀？
有沒有發燒？

Yeo⁵ Teo⁴ xin¹ tam³ guo³ yid⁶ dou⁶
病人：有。頭先探過熱，102度。
有。剛量過體溫，華氏102度。

Fad³ gem³ gou¹ xiu¹ yeo⁵ mou⁵ teo⁴ wen⁴ teo⁴ tung³ a³
醫生：發咁高燒，有冇頭暈、頭痛呀？
發這樣高燒，有頭暈、頭痛嗎？

Gem² yeo⁶ mou⁵ wo³
病人：咁又冇喎。
這個倒沒有。

Géi² xi⁴ hoi¹ qi² béng⁶ ga³
醫生：幾時開始病㗎？
什麼時候開始生病？

Kem⁴ man⁵ hoi¹ qi² yeo⁵ xiu² xiu² xiu¹
病人：琴晚開始有少少燒，
gem¹ jiu¹ gog³ deg¹ heo⁴ lung⁴ hou² tung³
今朝覺得喉嚨好痛。
昨晚開始有點發燒，今天早上覺得喉嚨好痛。

Béi⁶ sêu² do¹ m⁴ do¹
醫生：鼻水多唔多？
鼻水多嗎？

Do¹ a³ Hei⁶ gem² m⁴ ting⁴ leo⁴ béi⁶ sêu²
病人：多呀！係咁唔停流鼻水。

Béi6 seg1 seg1 dou3 teo2 m4 dou2 héi3 Zung6 yeo5 a3

鼻塞，塞到抖唔到氣。仲有呀，

ngo5 séng4 man5 ked1 ked1 dou3 mou5 deg1 fen3

我成晚咳，咳到冇得瞓。

多！不停流鼻水。鼻塞，塞得呼吸困難。

還有，我整晚咳嗽，不能睡好。

Yed6 teo2 ked1 deg1 sei1 m4 sei1 léi6-2

醫生：日頭咳得犀唔犀利？

白天咳嗽厲害嗎？

An3 zeo3 mou5 yé6 man5 ked1 deg1 gem3 sei1 léi6

病人：晏晝冇夜晚咳得咁犀利。

中午沒晚上咳嗽那麼厲害。

Pou2 tung1 gem2 mou6 zé1 Deg1 ga3 la3

醫生：普通感冒啫。得㗎喇。

Néi5 cêd1 hêu3 deng2 lo2 yêg6 la1

你出去等攞藥啦。

普通感冒。可以了。你出去等拿藥吧。

聽力測試 1111(2).mp3

1. 佢有乜嘢病呀？
2. 佢冇乜嘢唔舒服呀？
3. 點樣形容佢發燒呀？
4. 佢咳成點呀？
5. 佢嘅鼻點樣唔舒服呀？

會話二：扭傷腳

1112.mp3

Yi2 Néi5 zég3 gêg3 zou6 mé1 zeo6 zo2 sêng1 gé2

女：咦？你隻腳做咩受咗傷嘅？

唉？你的腳怎麼受傷了？

Ngo5 tég3 bo1 neo2 cen1 gêg3 ngan5

男：我踢波扭親腳眼，

Ni1 lêng5 yed6 hang4 lou6 dou1 ged6 ha5 ged6 ha5
呢 兩 日 行 路 都 趷 吓 趷 吓 。
我踢球扭傷腳踝，這兩天連走路也一拐一拐。

Tung4 bin1 dêu6 béi2 coi3 gem3 bog3 méng6 a3
女 ： 同 邊 隊 比 賽 ， 咁 搏 命 呀 ？
跟哪一隊比賽，那樣拼命？

Kéi4 sed6 hei6 wan2 gen2
男 ： 其 實 係 玩 緊 ，
m4 hou2 coi2 béi2 yen4 zong6 dou3 did3 dei1 zé1
唔 好 彩 畀 人 撞 到 跌 低 啫 。
其實是玩的時候，被人撞倒。真倒霉。

Gem2 néi5 gé3 sêng1 yim4 m4 yim4 zung6 a3
女 ： 咁 你 嘅 傷 嚴 唔 嚴 重 呀 ？
你受的傷嚴不嚴重？

Tid3 da2 yi1 seng1 wa6 ngo5 lai1 sêng1 géi1 yug6
男 ： 跌 打 醫 生 話 我 拉 傷 肌 肉 ，
yeo1 xig1 géi2 go3 xing1 kéi4 zeo6 hou2 ga3 la3
休 息 幾 個 星 期 就 好 㗎 喇 。
跌打醫師說我拉傷肌肉，休息幾個星期就好了。

Néi5 mou5 deg1 tég3 bo1 wui5 m4 wui5 ying2 hêng2
女 ： 你 冇 得 踢 波 ， 會 唔 會 影 響
néi5 dêu6 bo1 cam1 ga1 béi2 coi3 a3
你 隊 波 參 加 比 賽 呀 ？
你不能踢球，會不會影響你的球隊參加比賽？

Ngo5 dêu6 bo1 qiu1 keb1 mou4 dig6 ga1 ma3
男 ： 我 隊 波 超 級 無 敵 㗎 嘛 ！
Hei6 m4 hei6 dou1 yéng4 ga3 la1
係 唔 係 都 贏 㗎 啦 。
我的球隊是超級無敵的，不管怎樣也會贏。

Ji1 bed1 guo3 mou5 zo2 ngo5 hei6 zang1 did1 ga3 leg3
之 不 過 冇 咗 我 係 爭 啲 㗎 嘞 。
不過缺了我確實是差了一點點。

聽力測試 1112(2).mp3

6. 佢點解會受傷？

7. 佢身體邊部分整親？
8. 佢受咗乜嘢傷？
9. 佢嘅足球隊點架？

會話三：腰骨痛

1113.mp3

Gem3ngam1 a3 Seo1 gung1 la4
男：咁啱呀！收工喇？
真巧！下班了嗎？

Gem1 yed6 zou2 di1 seo1 gung1 hêu3 tei2 yi1 seng1
女：今日早啲收工去睇醫生。
今天早點下班去看醫生。

Néi5 mé1 xi6 tei2 yi1 seng1 a3
男：你咩事睇醫生呀？
你什麼事看醫生？

Ngo5 séng4 yed6 yiu1 gued1 tung3 hêu3 wen2 yi1 seng1 gim2 ca4 ha5 lo1
女：我成日腰骨痛，去搵醫生檢查吓囉。
我常常腰背痛，所以去找醫生檢查一下。

Xiu2 sem1 di1 Ni1 di1 men6 tei4 hou2 ma4 fan4
男：小心啲。呢啲問題好麻煩。
小心身體。這些問題很麻煩。

Ngo5 dou1 fan1 gung1 séng4 yed6 co5 xi3 guo3 yiu1 gued1 tung3
我都返工成日坐，試過腰骨痛，
heo6 méi1 zou6 med6 léi5 ji6 liu4 zou6 zo2 hou2 noi6 xin1 hou2 fan1
後尾做物理治療，做咗好耐先好番。
我也上班常常坐着，曾試過腰背痛，後來做物理治療，做了很久才康復。

聽力測試

1113(2).mp3

10. 女人放工之後去邊度呀？
11. 佢乜嘢病呀？

Téng[1] gin[3] wa[6] Xiu[3] Fen[1] qin[4] lêng[5] man[5] yeo[6] o[1] yeo[6] eo[2]
聽 見 話 少 芬 前 兩 晚 又 痾 又 嘔 ，
wen[4] dei[1] zo[2] sung[3] zo[2] yeb[6] yi[1] yun[2]
暈 低 咗 ，送 咗 入 醫 院 。
聽說前兩天的晚上少芬上吐下瀉，暈倒了，被送進醫院。

Gem[1] yed[6] ngo[5] hêu[3] tam[3] kêu[5] Yeb[6] dou[3] béng[6] fong[2]
今 日 我 去 探 佢 。 入 到 病 房 ，
今天我去看她 。進了病房，

ngo[5] zang[1] di[1] m[4] ying[6] deg[1] Xiu[3] Fen[1] béi[2] kêu[5] go[3] yêng[2] hag[3] cen[1]
我 爭 啲 唔 認 得 少 芬 ，畀 佢 個 樣 嚇 親 。
我差點兒認不出少芬，被她的樣子嚇壞了。

Kêu[5] séng[4] go[3] log[6] sai[3] ying[4] min[6] céng[1] heo[2] sên[4] bag[6]
佢 成 個 落 晒 形 ，面 青 口 唇 白 ，
hou[2] qi[5] zeg[3] gêng[1] xi[1] gem[2] Ngo[5] men[6] kêu[5] gog[3] deg[1] dim[2]
好 似 隻 殭 屍 咁 。 我 問 佢 覺 得 點 ？
她極憔悴，臉色蒼白，像殭屍一樣。我問她覺得怎樣？

Kêu[5] wa[6] gem[1] yed[6] yi[5] ging[1] hou[2] fan[1] hou[2] do[1] yeo[5] fan[1] wei[6] heo[2]
佢 話 今 日 已 經 好 番 好 多 ，有 番 胃 口 ，
mou[5] seo[2] yun[5] gêg[3] yun[5] Xiu[3] Fen[1] hou[2] sem[1] geb[1]
冇 手 軟 腳 軟 。 少 芬 好 心 急 ，
她說今天已經好多了，再有了胃口，不會渾身無力。少芬很焦急，

sêng[2] yeo[5] gem[3] fai[3] deg[1] gem[3] fai[3] cêd[1] yun[2] fan[1] fan[1] hog[6]
想 有 咁 快 得 咁 快 出 院 返 番 學 。
想儘快出院回學校。

Ngo[5] hün[3] kêu[5] hou[2] sem[1] yeo[1] xig[1] do[1] géi[2] yed[6] xin[1]
我 勸 佢 好 心 休 息 多 幾 日 先 。
Bou[2] zung[6] sen[1] tei[2] ség[3] ju[6] ji[6] géi[2]
保 重 身 體 ，錫 住 自 己 。
我勸她最好多休息幾天。好好保重，愛惜自己身體。

聽力測試 1114(2).mp3

12. 少芬係咩病入咗醫院㗎？

13. 少芬今日狀態點呀？
14. 佢個樣有幾恐怖呀？邊句形容唔適當呀？
15. 點解少芬急住出院呀？

重點詞彙

1121.mp3

粵語拼音	粵語	普通話
lang[5] cen[1]	冷親	着涼
sêng[1] fung[1]	傷風	
ked[1]	咳	咳嗽
heo[4] lung[4] tung[3]	喉嚨痛	嗓子疼
fad[3] xiu[1]	發燒	
teo[4] xin[1]	頭先	剛才
tam[3] yid[6]	探熱	量體溫
teo[4] wen[4]	頭暈	
leo[4] béi[6] sêu[2]	流鼻水	
béi[6] seg[1]	鼻塞	
teo[2] héi[3]	抖氣	呼吸
yed[6] teo[2]	日頭	白天
gem[2] mou[6]	感冒	
yêg[6]	藥	
zeo[6] sêng[1]	受傷	
tég[3] bo[1]	踢波	踢球
neo[2] cen[1]	扭親	扭傷
gêg[3] ngan[5]	腳眼	腳踝
ged[6] ha[5] ged[6] ha[5]	趷吓趷吓	一拐一拐
béi[2] coi[3]	比賽	
bog[3] méng[6]	搏命	拼命

粵語拼音	粵語	普通話
yim^{4} zung^{6}	嚴重	
tid^{3} da^{2} yi^{1} seng^{1}	跌打醫生	跌打醫師
lai^{1} sêng^{1} géi^{1} yug^{6}	拉傷肌肉	
yeo^{1} xig^{1}	休息	
ying^{2} hêng^{2}	影響	
cam^{1} ga^{1}	參加	
qiu^{1} keb^{1} mou^{4} dig^{6}	超級無敵	
ji^{1} bed^{1} guo^{3}	之不過	不過
seo^{1} gung^{1}	收工	下班
yiu^{1} gued^{1}	腰骨	脊骨
gim^{2} ca^{4}	檢查	
heo^{6} méi^{1}	後尾	後來
med^{6} léi^{5} ji^{6} liu^{4}	物理治療	
téng^{1} gin^{3} wa^{6}	聽見話	聽說
béng^{6} fong^{2}	病房	
ying^{6} deg^{1}	認得	認得出
hag^{3} cen^{1}	嚇親	嚇壞了
séng^{4} go^{3} log^{6} sai^{3} ying^{4}	成個落晒形	憔悴、消瘦了很多
min^{6} céng^{1} heo^{2} sên^{4} bag^{6}	面青口唇白	臉色蒼白
gêng^{1} xi^{1}	殭屍	
wei^{6} heo^{2}	胃口	
seo^{2} yun^{5} gêg^{3} yun^{5}	手軟腳軟	渾身無力
sem^{1} geb^{1}	心急	焦急
fan^{1} hog^{6}	返學	上學
hün^{3}	勸	
bou^{2} zung^{6} sen^{1} tei^{2}	保重身體	

道地表達

1131.mp3

「之」常用於口語

例：之不過 ji1 bed1 guo3、之唔係 ji1 m4 hei6、之所以 ji1 so2 yi5、然之後 yin4 ji1 heo6、總而言之 zung2 yi4 yin4 ji1

語法講解

1141.mp3

粵 有咁 (yeo5 gem3) + 形容詞 + 動詞 + 粵 咁 (gem3) + 形容詞 = 普 盡量

1	Sêng2 yeo5 gem3 fai3 deg1 gem3 fai3 cêd1 yun2 想 有 咁 快 得 咁 快 出 院 。 想儘快出院。
2	A3 Gung1 céng2 xig6 fan6 geng2 hei6 yeo5 gem3 guei3 xig6 gem3 guei3 la1 阿 公 請 食 飯 ， 梗 係 有 咁 貴 食 咁 貴 啦 。 公費吃飯當然要盡量吃最貴的。
3	Néi5 bong1 ngo5 yeo5 gem3 do1 yen4 wen2 gem3 do1 yen4 lei4 cang3 cêng4 你 幫 我 有 咁 多 人 搵 咁 多 人 嚟 撐 場 。 你替我盡量多找人到場來支持。
4	Yen1 wei6 déi6 péi4 guei3 因 為 地 皮 貴 ， Hêng1 Gong2 di1 leo2 yeo5 gem3 gou1 héi2 gem3 gou1 香 港 啲 樓 有 咁 高 起 咁 高 。 因為地價貴，香港的大樓盡量蓋得高高的。

表達能力測試

1. 配對相反的形容詞

他條	爽快
咪摩	細心、認真
㩒西	整齊
㩒脷	辛苦
柯 gor	好平、好抵
烏 wear	快手

2. 配對這些聲音是形容什麼動作

$bang^{4}$一聲	跌低
pad^{6}一聲	冇晒
za^{4}一聲	彈起
$deng^{4}$一聲	明白晒
$ding^{1}$一聲	閂門
烏 wear	快手

3. 哪個詞不是常用講法？

我畀佢激到________

a. 嘔血　b. 死死吓　c. 彈開　d. 暈得一陣陣

4.「搵個錢刮痧都冇」是形容什麼情況？

a. 不能治的病　b. 窮　c. 好怕睇中醫　d. 不會付錢試民間偏方

5.「wing wing哋」不可以形容什麼情況？

a. 頭暈　b. 喝醉　c. 蓋了藥　d. 跳舞

6. 請糾正語法錯誤，講出正確句子

冇點着數

7. 請糾正語法錯誤，講出正確句子

呢對鞋小咗點

發音練習

一、請選出廣東話發音不同的漢字

1.　a. 熨　b. 勻　c. 暈　d. 雲
2.　a. 場　b. 腸　c. 常　d. 長
3.　a. 盔　b. 潰　c. 窺　d. 虧

二、漢字與發音配對

4.

筆	bei3
閉	bid1
必	péi2
鄙	bed1

5.

恤	hêu2
需	sêd1
許	jug6
續	sêu1

三、請寫出漢字的廣東話發音

漢語拼音	廣東話拼音	漢字
6.zou		^{1}鄒 ^{2}走 ^{3}奏
7.zui		^{2}嘴 ^{3}最醉 ^{6}罪
8.tiao		^{1}挑 ^{3}跳 ^{4}條調

笑笑廣東話

1151.mp3

打油詩三首

增肥容易減肥難
食完要減玩到殘
脂肪囤積在腰間
狂做運動瘦唔番

春眠不覺曉
鬧鐘醒不了
夜晚冇覺瞓
眼圈黑多少

寧可食無肉
不可冇肥肉
無肉令人瘦
肚腩令人俗

1151(2).mp3

錯得好有趣

①我夢想成為**奇形蘿蔔** kei^4 ying^4 lo^4 bag^6

企業老闆 kei^5 yib^6 lou^5 ban^2

②我嘅**牙套** nga^4 tou^3 好大好飽滿，有人話牙套太大唔好睇。

額頭 ngag^6 teo^4

③有時唔怕**食第** xig^6 dei^6 㗎。

蝕底 xid^6 dei^2

答案

聽力測試

會話一

1. a. 腸胃炎、肚痾　b. 跌傷　c. 普通感冒　d. 便秘
2. a. 頭暈　b. 鼻塞、流鼻涕　c. 喉嚨痛　d. 發燒
3. a. 琴晚發高燒，啱啱退咗燒　b. 琴日冇發過燒
   c. 今朝開始有少少燒　d. 琴晚開始發燒，今日燒到102度
4. a. 喉嚨好痛，跟住就咳　b. 成日都咳，夜晚咳到冇得瞓
   c. 淨係瞓着覺先咳　d. 晏晝咳得特別犀利
5. a. 鼻樑好痛　b. 成個鼻好腫　c. 流好多鼻水　e. 少少鼻塞

會話二

6. a. 佢比賽果陣畀人踢親隻腳　b. 佢行路跎吓跎吓，畀人踢親
   c. 佢休息咗幾個星期，然後去踢波　d. 佢踢波，畀人撞到跌低
7. a. 額頭　b. 腳眼　c. 腳踭　d. 腳趾
8. a. 佢成隻腳瘀晒　b. 佢扭親腳眼　c. 佢拉傷條腰
   d. 佢畀人踢親腳踭
9. a. 好犀利，時時比賽都贏　b. 跌打醫生都話超級無敵
   c. 冇參加過比賽　d. 成日練習都踢親人

會話三

10. a. 早啲收工返屋企　b. 約先生去睇戲　c. 搵醫生檢查
    d. 睇物理治療師
11. a. 腰骨痛　b. 頸骨痛　c. 成日腳痛　d. 成日坐，坐到patpat痛

故事敘述

12. a. 踎低起身見頭暈　b. 又痾又嘔　c. 嘔血暈低咗
    d. 面青口唇白，好似僵屍咁
13. a. 好番好多，有胃口食嘢　b. 手軟腳軟，冇力打人
    c. 有番胃口，仲係又痾嘔　d. 好番晒，隨時出得院返學
14. a. 可以扮僵屍嚇親人　b. 面青口唇白　c. 成個落晒形
    d. 好似一pat屎咁　像一堆糞便

15. a. 住醫院好悶，好掛住屋企人
    b. 冇買保險，住醫院好貴
    c. 想有咁快得咁快返學，追番啲功課
    d. 周圍啲人好似僵屍咁，嚇親佢

表達能力測試

1161.mp3

1.

他條 ta^{1} tiu^{4} 舒服、輕鬆	辛苦 sen^{1} fu^{2}
咪摩 mi^{1} mo^{1} 慢吞吞、磨蹭	快手 fai^{3} seo^{2}
乸西 la^{2} sei^{1} 做事得過且過	細心 sei^{3} sem^{1}、認真 ying^{6} zen^{1}
乸脷 la^{2} léi^{6} 很貴，貴得令人咋舌	好平 hou^{2} péng^{4}、好抵 hou^{2} dei^{2} 很值
柯 gor o^{1} go^{6} 麻煩、多顧慮	爽快 song^{2} fai^{3}
烏 wear wu^{1} wé^{5} 不修邊幅	整齊 jing^{2} cei^{4}

2.

bang^{4} 嘭一聲閂門	摔門
pad^{6} 一聲跌低	跌倒地上
za^{4} 喳一聲冇晒	消失得極快
deng^{4} 噔一聲彈起	立即跳起來
ding^{1} 叮一聲明白晒	完全明白

3.

c. 正確講法：我畀佢激到彈起

4.b.（用一元錢幣刮痧）

5.d

6.一啲着數都冇　沒有一點好處

7.呢對鞋細咗啲

發音練習　　1171.mp3

一、

1.a 熨 tong^{3}（勻暈雲 wen^{4}）

2.c 常 sêng^{4}（場腸長 cêng^{4}）

3.b 潰 kui^{2}（盔窺虧 kuei^{1}）

二、

4.筆 bed^{1}　閉 bei^{3}　必 bid^{1}　鄙 péi^{2}

5.恤 sêd^{1}　需 sêu^{1}　許 hêu^{2}　續 jug^{6}

三、

6.走 zeo　7.最 zêu　8.跳 tiu

第十二課

大廈裏的對話

Ngo⁵ we² zo⁶ xing³ Yêng⁴ gé³
我 搵 B 座 ，姓 楊 嘅 。
Ngo⁵ hei⁶ sung³ ga¹ xi¹ lei⁴ gé³
我 係 送 傢 俬 嚟 嘅 。
我找B座，姓楊的。我是來送家具的。
Ma⁴ fan⁴ néi⁵ sen¹ fen² jing³ deng¹ géi³
麻 煩 你 身 份 證 登 記 。
請登記身份證。

會話一：廢物回收

1211.mp3

Ngo5 yêg3 zo2 go3 hag3, yiu3 cêd1 hêu3 la3
哥哥：我約咗個客，要出去喇。
我約了客户，要出去。

Ngo5 dou1 yiu3 ling1 di1 fei3 ji2、din6 qi4 hêu3 wui4 seo1, yed1 cei4 hang4 la1
細妹：我都要拎啲廢紙、電池去回收，一齊行啦。
我也要把廢紙、電池送去回收，一起走吧。

Wui4 seo1 di1 yé5 m4 hei6 lo2 hêu3 lab6 sab3 fong4 zeo6 deg1 mé1?
哥哥：回收啲嘢唔係攞去垃圾房就得咩？
回收廢物不是放到垃圾房就可以嗎？

Wui4 seo1 tung2 hei2 leo4 ha6. Gem1 sug6、gao1 zên1 zeo6 ceng4 ceng4 leo2 dou1 seo1.
細妹：回收桶喺樓下。金屬、膠樽就層層樓都收。
回收箱在樓下。金屬、塑料瓶就每一層都可以回收。

Ngo5 gon2 xi4 gan3, cêd1 hêu3 gem6 lib1 xin1
哥哥：我趕時間，出去撳𨋢先。
我趕時間，先出去按電梯。

Ngo5 so2 mun4, gan1 ju6 cêd1 lei4
細妹：我鎖門，跟住出嚟。
我鎖門，接着出來。

Fai3 di1 la1, lib1 dou3 la3
哥哥：快啲啦，𨋢到喇。
快點吧，電梯到了。

Wen2 m4 dou3 so2 xi4, yed1 hei6 néi5 log6 hêu3 xin1 la1
細妹：搵唔到鎖匙，一係你落去先啦。
找不到鑰匙，還是你先下去吧。

Gem2 ngo5 zeo2 xin1 la3. Bai1 bai3
哥哥：咁我走先喇。拜拜。
那我先走了。再見。

聽力測試 1211(2).mp3

1. 哥哥點解趕住出街？
2. 細妹出街做乜嘢呀？
3. 點解佢哋唔可以一齊出去呀？

會話二：爸爸催促女兒出門 1212.mp3

Wei3 wei3 Néi5 tei2 ha5 go3 zung1
爸：喂喂！你睇吓個鐘，
yed1 dim2 ca1 m4 do1 dab6 seb6 la3
一點差唔多踏十喇。
你看看鐘，差不多一點五十分了。

Néi5 m4 hei6 lêng5 dim2 bun3 yiu3 hêu3 dou3 Zeg1 Yu4 Cung1 mé1
你唔係兩點半要去到鰂魚涌咩？
你不是兩點半要到鰂魚涌嗎？

M4 sei2 dam1 sem1 zung6 hou2 zou2 zé1
女：唔使擔心，仲好早啫。
Ni5 go3 zung1 fai3 zo2 lêng5 go3 ji6
呢個鐘快咗兩個字。
不用擔心，時間還早。這個鐘快了十分鐘。

Néi5 gem1 yed6 hêu3 gin3 gung1 m4 qi4 deg1 ga3
爸：你今日去見工，唔遲得㗎。
你今天去求職面試，不可以遲到。

Sei2 med1 gem3 gen2 zêng1 a3 Séng4 yed6 cêu1 cêu1 cêu1
女：使乜咁緊張呀？成日催催催！
Néi5 hou2 fan4 a3
你好煩呀！
根本不用這樣緊張，整天不停催促。你真囉嗦。

M4 cêu1 néi5 zeo6 mi1 mi1 mo1 mo1
爸：唔催你就咪咪摩摩，
gem1 yed6 ga3 lib1 gim2 ca4 wei4 seo1 yiu3 hang4 leo4 tei1
今日架𨋢檢查維修，要行樓梯。

Néi[5] ji[1] m[4] ji[1] a[3]
你 知 唔 知呀？
你不要慢吞吞的，今天檢查維修電梯，要爬樓梯。
你知道嗎？

M[4] hei[6] gem[3] hag[1] a[5] Hou[2] yed[6] dou[1] m[4] zêg[3] gou[1] zang[1] hai[4]
女 ： 唔 係 咁 黑 啊？！好 日 都 唔 著 高 踭 鞋 ，
ngo[5] zêg[3] ju[6] gou[1] zang[1] hai[4] zeo[6] jing[2] lib[1]
我 著 住 高 踭 鞋 就 整 較 ！
真倒霉！我很少穿高跟鞋，怎麼穿高跟鞋就來修電梯？！

聽力測試 1212(2).mp3

4. 依家幾點呀？
5. 阿女趕住出去做乜嘢呀？
6. 點解阿女要行樓梯呀？

會話三：管理處借電話

1213.mp3

M[4] goi[1] zé[3] go[3] din[6] wa[2] da[2]
女 ： 唔 該 借 個 電 話 打 。
請讓我借用電話。

Cêu[4] bin[2] la[1] Néi[5] gem[6] sêng[6] min[6] lo[2] gai[1] xin[3] xin[1] da[2] deg[1]
男 ： 隨 便 啦 。 你 撳 上 面 攞 街 線 先 打 得 。
隨便。請你先按上面的按鈕接外線才能打電話。

Wei[2] céng[2] men[6] Wong[4] sang[1] hei[2] dou[6] ma[3]
女 ： 喂 ，請 問 黃 生 喺 度 嗎 ？
喂，請問黃先生在嗎？

Ni[1] dou[6] yeo[5] lêng[5] go[3] xing[3] Wong[4] gé[3] néi[5] wen[2] bin[1] wei[2] a[3]
接待員：呢 度 有 兩 個 姓 黃（王）嘅 ，你 搵 邊 位 呀 ？
我們這裏有兩個姓黃/王的，不知你想要找的是哪個？

M[4] goi[1] a[1]
女 ： 唔 該John Wong 吖 。
請你叫John Wong。（內線電話轉了過去給John Wong）

Wei2 bin1 wei2 a3

王：喂，邊位呀？

喂，你是哪位？

M4 goi1 ngo5 wen2

女：唔該，我搵John Wong。

我想找John Wong。

Ngo5 hei6

王：我係。

我是。

Néi5 hei6 m4 hei6 Wong4 Zen3 Wa4 a3

女：你係唔係黃振華呀？

你是黃振華嗎？

M4 hei6 Néi5 da2 co3 la3

王：唔係。你打錯喇。

不是。你打錯了。

O3 Dêu3 m4 ju6

女：哦！對唔住。

對不起。

聽力測試 1213(2).mp3

7. 女人打電話搵邊個呀？
8. 個電話點樣用㗎？

會話四：訪客

1214.mp3

Néi5 hêu3 géi2 do1 leo2 a3

看更：你去幾多樓呀？

你去幾樓？

Ya6 lug6 leo2

訪客：廿六樓。

26樓。

Wen^{2}xing^{3} mé^{1} ga^{3}
看更：搵姓咩㗎？
你找的一家貴姓？

Ngo^{5} we^{2} zo^{6} xing^{3}Yêng^{4} gé^{3}
訪客：我搵B座，姓楊嘅。
Ngo^{5} hei^{6} sung^{3} ga^{1} xi^{1} lei^{4} gé^{3}
我係送傢俬嚟嘅。
我找B座，姓楊的。我是來送家具的。

Ma^{4} fan^{4} néi^{5} sen^{1} fen^{2} jing^{3} deng^{1} géi^{3}
看更：麻煩你身份證登記。
請登記身份證。

Hêu^{3} ya^{6} lug^{6} leo^{2} dab^{3} bin^{1} bou^{6} lib^{1}
訪客：去廿六樓，搭邊部較？
哪個電梯去26樓？

Zung^{1} gan^{1} tung^{4} zo^{2} bin^{6} go^{2} lêng^{5} bou^{6}
看更：中間同左便果兩部。
Néi^{5} di^{1} ga^{1} xi^{1} dai^{6} gin^{6}
你啲傢俬大件，
zêu^{2} hou^{2} dab^{3} heo^{6} bin^{6} go^{2} bou^{6} fo^{3} lib^{1} la^{1}
最好搭後便果部貨較啦。
中間和左邊的那兩台。你的家具體積大，
最好搭後面的運貨電梯。

聽力測試 1214(2).mp3

9. 佢送貨去邊度？
10. 佢唔可以搭邊架較？

會話五：警鐘響 1215.mp3

Mé^{1} xi^{6} ging^{2}zung^{1}hêng^{2} a^{3}
女：咩事警鐘響呀？
為什麼警鐘響起？

Hei6 lei6 heng4 cag1 xi3 za3 gua3

男 ： 係 例 行 測 試 咋 啩 。

可能是例行測試。

Xi3 ging2 zung1 hêng2 gem3 noi6-2

女 ： 試 警 鐘 響 咁 耐 ？

Hoi1 mun4 tei2 ha5 wui5 m4 wui5 zen1 hei6 fo2 zug1

開 門 睇 吓 ， 會 唔 會 真 係 火 燭 。

試警鐘怎會響這樣久？開門看看，會不會真的有火災。

Cêd1 bin6 mou5 yin1 hei6 mei6 zeo2 fo2 ging2 a3

男 ： 出 便 冇 煙 ， 係 咪 走 火 警 呀 ？

外面沒有煙，是火警演習嗎？

Wen2 zen6 di1 da2 go3 din6 wa2 men6 ha5 gun2 léi5 qu3 la1

女 ： 穩 陣 啲 ， 打 個 電 話 問 吓 管 理 處 啦 。

打電話問管理處比較穩當。（打過電話）

Ng6 ming4 zé1 Fong3 sem1 mou5 xi6

男 ： 誤 鳴 啫 ！ 放 心 ， 冇 事 。

只是誤鳴！放心，沒事。

聽力測試 1215(2).mp3

11. 乜嘢事警鐘響呀？
12. 點樣肯定冇火燭？

會話六：乘電梯 1216.mp3

Ni1 ga3 lib1 sêng5 ding6 log6 ga3

男 ： 呢 架 轆 上 定 落 㗎 ？

這電梯往上還是往下？

Sêng5 gé3 Néi5 hêu3 géi2 do1 leo2 a3

靚 女 ： 上 嘅 。 你 去 幾 多 樓 呀 ？

往上。你去幾樓？

M4 goi1 bong1 ngo5 gem6 bad3 ji6 la1
男：唔該幫我撳八字啦。
請替我按八樓。

M4 goi1 deng2 mai4
阿姐：唔該等埋。
請等我。

M4 hou2 big1 yeb6 lei4 la1 Yi5 ging1 hou2 do1 yen4 la3
男：唔好逼入嚟啦。已經好多人喇。
不要擠進來。已經太多人。

Deng2 yed1 jun3 lib1 yiu3 hou2 noi6
阿姐：等一轉較要好耐，
m4 zang1 zoi6 do1 ngo5 yed1 go3 zé1
唔爭在多我一個啫。
等一次電梯要很久，只多我一個人差別不大吧。
（阿姐努力擠進電梯）

Néi5 jo2 ju6 go3 din6 ngan5 sug1 yeb6 di1 ji3 san1 dou2 mun4
男：你阻住個電眼，縮入啲至閂到門。
你擋住了電眼，要挪一下才能關上電梯門。

M4 hou2 ung2 la1 Tei2 ju6 cai2 cen1 go3 sei3 lou6 zei2 a3
靚女：唔好甕啦！睇住踩親個細路仔呀！
不要推！注意不要踏到孩子。

Guo3 cung5 la3 Néi5 cêd1 fan1 hêu3 la1
男：過重喇！你出番去啦！
超重了！請你出去！

聽力測試

1216(2).mp3

13. 男人要去幾多樓呀？
14. 阿姐點解係要逼入較？
15. 佢哋冇講乜嘢理由叫阿姐唔好入較？

重點詞彙

1221.mp3

粵語拼音	粵語	普通話
fei3 ji2	廢紙	
din6 qi4	電池	
wui4 seo1	回收	
lab6 sab3 fong4	垃圾房	
gem1 sug6	金屬	
gao1 zên1	膠樽	塑料瓶
gem6	撳	按
so2 xi4	鎖匙	鑰匙
Zeg1 Yu4 Cung1	鰂魚涌	
dam1 sem1	擔心	
gin3 gung1	見工	求職面試
cêu1	催	催促
mi1 mi1 mo1 mo1	咪咪摩摩	慢吞吞、磨蹭
wei4 seo1	維修	
hang4 leo4 tei1	行樓梯	爬樓梯
gou1 zang1 hai4	高踭鞋	
gai1 xin3	街線	外線，相對內線 noi6xin3
ga1 xi1	傢俬	家具
sen1 fen2 jing3	身份證	
deng1 géi3	登記	
ging2 zung1	警鐘	
lei6 heng4 cag1 xi3	例行測試	
fo2 zug1	火燭	火災
cêd1 bin6	出便	外面
yin1	煙	

粵語拼音	粵語	普通話
zeo² fo² ging²	走火警	火警演習
wen² zen⁶	穩陣	穩當
gun² léi⁵ qu³	管理處	
ng⁶ ming⁴	誤鳴	
fong³ sem¹	放心	
yed¹ jun³	一轉	來回一次
m⁴ zang¹ zoi⁶	唔爭在	不差、不在乎
jo² ju⁶	阻住	擋住、阻礙
din⁶ ngan⁵	電眼	電眼，控制電梯門開關
sug¹	縮	
cai²	踩	踏、踩
guo³ cung⁵	過重	

道地表達

1231.mp3

黑是顏色，其他用法如下：

①黑運、倒霉　例　：當黑 (dong¹ hag¹)　頭頭碰着黑 (teo⁴ teo⁴ pung³ zêg⁶ hag¹)

真係黑仔 (zen¹ hei⁶ hag¹ zei²)　他真倒霉

②暗　例：天黑 (tin¹ hag¹)　天色暗下來　間房黑麻麻 (gan¹ fong² hag¹ ma¹ ma¹)　房間裏很暗

一、粵 好日都唔 = 普 很少做某件事，用於壞方面

(hou2 yed6 dou1 m4)

1	Hou2 yed6 dou1 m4 zêg3 gou1 zang1 hai4 好日都唔著高踭鞋， gu2 m4 dou3 zêg3 ju6 yiu3 hang4 cé3 lou2 估唔到著住要行斜路。 很少穿高跟鞋，想不到穿的時候要走斜坡。
2	Hou2 yed6 dou1 m4 xig6 yeo4 yu2 géng1 mé1 dam2 gu3 sên4 a3 好日都唔食魷魚，驚咩膽固醇呀！ 很少吃魷魚，不用擔心膽固高。
3	Hou2 yed6 dou1 m4 lei4 tam3 a3 sug1 好日都唔嚟探阿叔， néi5 gem1 yed6 lei4 zé3 qin2 a4 你今日嚟借錢牙？ 你很少來看叔叔，今天來，想借錢嗎？

二、粵 唔爭在 = 普 不差、不缺、不在乎、不計較

(m4 zang1 zoi6)

1	Da2 bin1 lou4 m4 zang1 zoi6 do1 ngo5 yed1 go3 zé1 打邊爐，唔爭在多我一個啫。 吃火鍋，只多我一個人(食物量)差別不大吧。
2	Dou1 deng2 zo2 gem3 noi6 都等咗咁耐， m4 zang1 zoi6 deng2 do1 lêng5 sam1 fen1 zung1 la1 唔爭在等多兩三分鐘啦。 已等了那麼久，不在乎再多等兩三分鐘吧。
3	M4 zang1 zoi6 gong2 mai4 sem1 go2 gêu3 唔爭在講埋心果句。 我不在乎告訴你心裏的想法，(反正我已經講了很多不好的說話。)

表達能力測試

1. 配對有關貓的講法和意思

賴貓	被罵
睇貓紙	骯髒的臉
食貓麵	老馬失蹄
花面貓	不認帳
老貓燒鬚	偷看提示卡

2. 配對有關雞的講法和意思

走雞	害怕
偷雞	幸運地得到別人放棄的機會
騰雞	吹哨子叫停或召集人群
吹雞	錯過機會
執死雞	偷懶

3.「符碌」的意思是

a. 一種道教儀式　b. 一種道教符咒　c. 成功光靠運氣　d. 倒霉

4.「掃街」的意思是

a. 沿街吃小吃　b. 清潔街道　c. 被趕走　d. 跳街舞

5.「洗樓」的意思是

a. 大掃除　b. 挨家挨戶上門探訪　c. 消防署巡查大廈安全設施
d. 警察清理大廈裏案發現場

6. **請糾正用詞錯誤，講出正確句子**

以前來過香港多次

7. **請糾正用詞錯誤，講出正確句子**

來到香港先至兩個月

發音練習

一、請選出廣東話發音不同的漢字

1. a. 戀　b. 聯　c. 攣　d. 卵
2. a. 疊　b. 迭　c. 碟　d. 蝶
3. a. 藥　b. 夭　c. 腰　d. 邀

二、配對發音相同的漢字

4.

季	給
級	貴
祭	習
集	制

5.

彌	物
泌	尼
靡	痹
蜜	美

三、請寫出漢字的廣東話發音

漢語拼音	廣東話拼音	漢字
6.lun		4 倫淪輪　6 論
7.ma		1 媽　3 嗎　4 麻蔴　5 馬瑪碼螞　6 罵
8.tou		1 偷　3 透　4 投頭

笑笑廣東話

1251.mp3

1. 有麥兜嘅身材，冇麥兜咁可愛。
2. 做義工做咗成朝，忽然聽到「食飯 xig^6 fan^6」開心到死。點知原來係叫我哋去「示範 xi^6 fan^6」。

1251(2).mp3

錯得好有趣

①我鍾意**護理** wu^6 $léi^5$。

物理 med^6 $léi^5$

②努力**試驗** xi^3 yim^6 香港生活

適應 xig^1 $ying^3$

答案

聽力測試

會話一

1. a. 冇時間等軜　b. 要跟住細妹　c. 唔想幫手鎖門
   d. 約咗客人見面
2. a. 拎啲嘢去回收　b. 同哥哥一齊行吓　c. 約咗個客
   d. 落樓下攞鎖匙
3. a. 細妹慢吞吞未著衫　b. 細妹搵唔到鎖匙鎖門
   c. 哥哥撳唔住部軜　d. 哥哥催極細妹都未出得門口

會話二

4. a. 十個字　b. 一點踏十　c. 兩點踏十　d. 十二點踏十
5. a. 畀阿爸催　b. 唔想咪咪嚤嚤　c. 約咗人，唔遲得　d. 見工
6. a. keep fit，準備見工　b. 電掣檢查維修
   c. 冇得搭軜就唯有行落樓　d. 鍾意著高踭鞋行多啲

會話三

7. a. 黃振華先生　b. 兩個姓黃嘅人　c. 王小姐　d. John先生
8. a. 借嚟打　b. 攞咗街線先打得　c. 打錯電話　d. 撳上面嘅燈先着

會話四

9. a. 送大件傢俬　b. 姓楊嘅看更　c. 二十六樓B座　d. 送返傢俬舖
10. a. 中間部軜　b. 右便部軜　c. 左便部軜　d. 貨軜

會話五

11. a. 火燭　b. 有人撳錯鐘　c. 例行測試　d. 走火警
12. a. 管理處打電話嚟　b. 放心等看更通知　c. 管理處話出便冇煙
    d. 打電話畀管理處問清楚

會話六

13. a. 十八樓　b. 上天台　c. 八樓　d. 廿八樓
14. a. 怕等軜等好耐　b. 佢想部輕快啲閂門　c. 佢知道自己超重
    d. 佢怕踩親細路
15. a. 架軜已經好逼人　b. 架軜過重　c. 有細路仔踩親人
    d. 架軜閂唔到門

表達能力測試

1261.mp3

1.

賴貓 lai^{3} mao^{1}	不認帳
睇貓紙 mao^{1} ji^{2}	偷看提示卡
食貓麵 xig^{6} mao^{1} min^{6}	被罵
花面貓 fa^{1} min^{6} mao^{1}	骯髒的臉
老貓燒鬚 lou^{5} mao^{1} xiu^{1} sou^{1}	老馬失蹄

2.

走雞 zeo^{2} gei^{1}	錯過機會
偷雞 teo^{2} gei^{1}	偷懶　例：老師叫我寫一百次，我偷雞寫五十次就算　老師叫我寫一百次，我偷懶寫五十次就算
騰雞 ten^{4} gei^{1}	害怕
吹雞 cêu^{1} gei^{1}	吹哨子叫停或召集人群(哨子，廣東話又叫銀雞)
執死雞 zeb^{1} séi^{2} gei^{1}	幸運地得到別人放棄的機會

3.

c. 符碌 fu^{4} lug^{1}（來自英語 fluke）

4.

a. 掃街 sou^{3} gai^{1}

5.

b. 洗樓 sei^{2} leo^{2}

6.

之前來過香港好多次

（講以前沒有錯，不過廣東話更常用之前，同樣的之後比以後常用。）

7.

來到香港只係兩個月

（因誤會普通話的「才」，廣東話就講「先至」。）

發音練習 1271.mp3

一、

1. d. 卵 lên^{2}（戀聯攣 lün^{4}）
2. b. 迭 did^{6}（疊碟蝶 dib^{6}）
3. a. 藥 yêg^{6}（夭腰邀 yiu^{1}）

二、

4. 季貴 guei^{3}　級給 keb^{1}　祭制 zei^{3}　集習 zab^{6}
5. 彌尼 néi^{4}　泌匕 béi^{3}　靡美 méi^{5}　蜜物 med^{6}

三、

6. 論 lên　7. 馬 ma　8. 投 teo

附錄

詞彙表

按粵語拼音排序

粵語拼音	粵語	普通話釋義	課堂
a^3 yé^4 a^3 ma^4	阿爺、阿嫲	爺爺、奶奶	5
ad^3 lig^6	壓力		4
ag^1	呃	欺騙	9
ba^1 xi^2 zung^2 zam^6	巴士總站	公共汽車終點站	2
ban^1 fong^2	班房	教室	1
Beg^1 Gog^3	北角		4
béi^2 coi^3	比賽		11
béi^6 seg^1	鼻塞		11
béng^6 fong^2	病房		11
big^1	逼	擠、擁擠	1
biu^2 go^1	表哥		3
bog^3 méng^6	搏命	拼命	11
bou^2 fan^1	補番	補充好、補償	1
bou^2 him^2	保險		1
bou^2 zung^6 sen^1 tei^2	保重身體		11
bui^1 min^6	杯麵		6

粵語拼音	粵語	普通話釋義	課堂
bun² déi⁶	本地		5
ca⁴ zeo²	茶走	奶茶加煉乳	7
cai²	踩	踏、踩	12
cam¹ ga¹	參加		11
can¹ ca⁴	餐茶	套餐的料	7
cao² dei²	炒底	配炒飯	7
ced¹ ced¹ bad³ bad³	七七八八	差不多了	8
cei⁴ yen⁴	齊人	所有人都來到	2
cen³	趁		6
cen³ sam¹	襯衫	搭配衣服	6
cêd¹ bin⁶	出便	外面	12
cêd¹ sei³	出世	出生	5
cêng¹ toi⁴	窗台		10
cêng² fen²	腸粉	拉布粉、豬腸粉	8
cêu¹	催	催促	12
cou⁵ qin²	儲錢	存錢、儲蓄	4
cung¹ lêng⁴	沖涼	淋浴、洗澡	6
cung¹ lêng⁴ yig⁶	沖涼液	沐浴露	6
da² yu⁴ mou³ keo³	打羽毛球		3
dad³ mai⁴ yed¹ péd⁶	笪埋一pat	黏糊糊的一糰	8
dai⁶ mou⁶	大霧		10
dai⁶ ba² fo³	大把貨	有很多存貨	6
dam¹ sem¹	擔心		12
dan¹ ping³	單拼	一種燒味	7

粵語拼音	粵語	普通話釋義	課堂
dan⁶ nga⁴	彈牙	很爽、很有彈性	8
dan⁶ xing³	彈性		1
ded⁶ yin⁴	突然		2
deng¹ géi³	登記		12
deo¹	兜	拐彎、兜圈	2
deo¹	兜	沙拉碗	7
deo⁶ fu⁶ fa¹	豆腐花		3
dim²	點	蘸	8
din¹	癲	瘋狂	1
din⁶ ngan⁵	電眼	電眼，控制電梯門開關	12
din⁶ qi⁴	電池		12
din⁶ tei¹	電梯	扶手電梯	4
dong¹ co¹	當初	最初	4
dou¹ hei⁶ gem³ sêng⁶ ha²	都係咁上下	還是差不多、沒變	1
dou³ xi⁴	到時	到時候	3
ei³ gug⁶	翳焗	悶熱	10
eo³	吽	發呆、放着發酵	10
fad³ xiu¹	發燒		11
fad³ mou¹	發毛	發霉	10
fad³ seng¹	發生		2
fai³ ji²	筷子		7
fan¹ hog⁶	返學	上學	11
fei³ ji²	廢紙		12

粵語拼音	粵語	普通話釋義	課堂
Féi^{1} Lêd^{6} Ben^{1}	菲律賓		10
fen^{1} bid^{6}	分別	區別	7
fen^{1} hoi^{1}	分開		7
fen^{2} hung^{4} xig^{1}	粉紅色		6
fen^{3} can^{1} bao^{2}	瞓餐飽	睡飽、睡個夠	1
fo^{2} zug^{1}	火燭	火災	12
fong^{3} gung^{1}	放工	下班	10
fong^{3} sem^{1}	放心		12
fu^{1} hin^{2}	敷衍		9
fu^{3} seo^{2} din^{6} tei^{1}	扶手電梯		9
fung^{6} zao^{2}	鳳爪	雞爪	8
ga^{1} xi^{1}	傢俬	家具	12
ga^{1} zé^{1}	家姐	姐姐	5
ga^{3}	嫁		5
ga^{3} léi^{1}	咖喱		6
ga^{3} léi^{1} ngeo^{4} nam^{5} fan^{6}	咖喱牛腩飯		7
ga^{3} qin^{4}	價錢		7
gai^{1} xin^{3}	街線	外線，相對內線	12
gai^{3} lad^{6}	芥辣	芥末醬	7
gai^{3} lan^{2}	芥蘭		8
gao^{1} zên^{1}	膠樽	塑料瓶	12
geb^{1}	急		4
ged^{6} ha^{5} ged^{6} ha^{5}	趷吓趷吓	一拐一拐	11
gêg^{3} ngan^{5}	腳眼	腳踝	11

粵語拼音	粵語	普通話釋義	課堂
gei^{1} béi^{2}	雞髀	雞腿	7
géi^{1} fu^{4}	幾乎		5
géi^{3} deg^{1}	記得		10
gem^{1} sug^{6}	金屬		12
gem^{2}	敢		4
gem^{2} mou^{6}	感冒		11
gem^{6}	撳	按	12
gem^{6} qin^{2}	撳錢	從銀行櫃員機提款	2
gen^{6} pai^{2}	近排	最近一段時間	1
gêng^{1} cung^{1}	薑葱	薑葱蓉油	7
gêng^{1} xi^{1}	殭屍		11
gim^{2} ca^{4}	檢查		11
gin^{3} gung^{1}	見工	求職面試	12
ging^{2} zung^{1}	警鐘		12
ging^{6}	勁		6
go^{3} sei^{3}	個勢	這個形勢	10
goi^{2} kéi^{4}	改期		2
gou^{1} zang^{1} hai^{4}	高踭鞋		12
gua^{3} sam^{1} hou^{6} fung^{1} keo^{4}	掛三號風球	發出三號強風訊號	10
guan^{3}	慣	習慣	4
gug^{6} ju^{6}	焗住	被逼，沒有其他選擇	10
gug^{6} song^{1} na^{4}	焗桑拿	桑拿浴	10
gug^{6} ju^{1} pa^{2} fan^{6}	焗豬扒飯	烤鮮茄豬排飯	7

粵語拼音	粵語	普通話釋義	課堂
gui6 lai4 lai4	攰拉拉	感到疲倦、疲累	10
gun2 léi4 qu3	管理處		12
gun2 léi6 gung1 xi1	管理公司		9
gung1 fai3	公筷	分菜用的筷子	8
gung1 gung1 po4 po2	公公、婆婆	外公、外婆	5
gung1 zei2 min6	公仔麵	方便麵	6
guo3 cung4	過重		12
guo3 yen5	過癮		8
guog3 zei3 hog6 hao6	國際學校		5
Guong2 Sei1 Nam4 Ning4	廣西南寧		5
hag3 cen1	嚇親	嚇壞了	11
ham4 ling2 ced1	鹹檸七	鹹檸檬七喜	7
han1	慳	節省（另見《初學廣東話》114頁）	6
hang4 leo4 tei1	行樓梯	爬樓梯	12
héi1 leo1 leo1	稀了了	太稀	8
hei2 zéng3	喺正	正好在	9
héi3 sêu2	汽水		6
hêng1 ha2	鄉下	家鄉	5
hêng1 heo2	香口	酥香	8
hêng2	響		2
heng6 fug1	幸福		1
heo3 lung3 tung3	喉嚨痛	嗓子疼	11
heo5 do1 xi2	厚多士	烤厚片麵包	7

粵語拼音	粵語	普通話釋義	課堂
heo⁶ méi¹	後尾	後來	11
hing¹ dei⁶ ji² mui⁶	兄弟姊妹	兄弟姐妹	5
hing³ cêu³	興趣		3
hoi¹ toi²	開枱	打麻將	3
hou² wad⁶ hou² song²	好滑好爽	又滑又爽	8
hou⁴ yeo⁴	蠔油		8
hün³	勸		11
ji¹ bed¹ guo³	之不過	不過	11
ji¹ sên¹	諮詢		9
ji² coi³	紫菜		8
ji² xig¹	紫色		6
jid³ mug⁶	節目		3
jid⁶ cé¹	截車	攔出租車、打車	9
jig¹ hei⁶	即係	等於是 that is	6
jig¹ mo⁴ ga³ fé¹	即磨咖啡		7
jing³ neng⁴ lêng⁶	正能量		4
jiu³ gu³	照顧		4
jo² ju⁶	阻住	擋住、阻礙	12
ju¹ zei² bao¹	豬仔包	外脆內軟的小麵包	7
ju² fan⁶	煮飯	做飯	1
ju² gog³	主角		2
ju⁶ ga¹ fan⁶	住家飯	家庭菜	1
ked¹	咳	咳嗽	11
lab⁶ sab³ fong⁴	垃圾房		12

粵語拼音	粵語	普通話釋義	課堂
lad3 yug6	辣肉	皮膚熱燙	10
lad3 zêu2	辣嘴	燙嘴巴	8
lad6	辣		4
lad6 jiu1 zêng3	辣椒醬		8
lai1 sêng1 géi1 yug6	拉傷肌肉		11
lai6 fen2	瀨粉	一種粗米粉	7
lam4 tin1 bag6 wen4	藍天白雲		10
lan6 dou3 cêd1 zeb1	懶到出汁	非常懶惰	6
lang5 cen1	冷親	着涼	11
lang5 héi3	冷氣	空調	4
lang5 héi3 géi1	冷氣機	空調	10
lég1	叻	聰明、優秀	5
lei6 heng4 cag1 xi3	例行測試		12
lei5 mao6	禮貌		4
lem4	淋	澆	7
lên4 gai1 jing3	輪街症	到政府診所輪候看病，在街上排隊等待開門派輪候號碼	9
léng4 yu4 keo4	鯪魚球		8
lêng4 zem3 zem3	涼浸浸	清涼	10
leo4 béi6 sêu2	流鼻水		11
leo4 sa1 bao1	流沙包	流沙即奶黃餡包子	8
leo6	漏	遺漏、忘了	6
leo6 sêu2	漏水		10
liu2	料	物料	6

粵語拼音	粵語	普通話釋義	課堂
lo2 zêng2	攞獎	拿獎	9
log6 dan1	落單	點菜	7
log6 wa2	落畫	電影停映	3
long6 sam1	晾衫	晾衣服	10
lou1 mai4	撈埋	拌在一起	7
lou5 sei3 / lou5 ban2	老細 / 老闆	老闆	3
lou5 gung1	老公	丈夫	5
lou5 po4	老婆		2
m4 zang1 zoi6	唔爭在	不差、不在乎	12
m4 sei2 ji2 yi3	唔使旨意	不要指望	10
ma1 bou2	孖寶	兩個優惠	8
ma1 zong1	孖裝	兩瓶套裝 （孖是一雙）	6
Ma5 Lei6 Yi1 Yun2	瑪麗醫院		9
med6 léi5 ji6 liu3	物理治療		11
mei5 fen2	米粉		7
méi6 jing1	味精		8
Men4 Fa3 Zung1 Sem1	文化中心		3
mi1 mi1 mo1 mo1	咪咪摩摩	慢吞吞、磨蹭	12
min5 fei3	免費		3
min6 céng1 heo2 sên4 bag6	面青口唇白	臉色蒼白	11
ming4 hao6	名校		5
mou5 sai3 ha6 men4	冇晒下文	接下來就沒有了消息	3

粵語拼音	粵語	普通話釋義	課堂
mug^6 qin^4	目前		4
$mung^4$ ca^4 ca^4	蒙查查	朦朦朧朧、不清楚	10
Nam^4 A^1 Dou^2	南丫島		3
nam^5 zeb^1	腩汁	燉牛腩汁	8
nan^4 deg^1	難得		5
nao^6 $zung^1$	鬧鐘		2
neo^2 cen^1	扭親	扭傷	11
nêu^4 nêu^2	囡囡	女兒	5
nêu^6 zei^2	女仔	女孩子	4
ng^6 $ming^4$	誤鳴		12
$ngen^4$ $hong^4$	銀行		2
$ngeo^4$ yun^2	牛丸		8
noi^6 m^4 noi^2	耐唔耐	不久、偶爾	6
o^1 wa^4 tin^4	阿華田	一種麥芽可可飲品	7
pag^3 to^1	拍拖	談戀愛	4
pai^3	派	指派、委派	4
pai^3 wei^2	派位	分配學位	5
pai^4 $gued^1$	排骨		8
pao^2 bou^6	跑步		10
péi^2	皮	皮革	10
péi^3 yu^4	譬如	比如	4
péi^4 fu^1	皮膚		6
$ping^4$ guo^2	蘋果		6
qi^4 $geng^1$	匙羹	勺子、羹匙	7

粵語拼音	粵語	普通話釋義	課堂
qin¹ kéi⁴	千祈		3
qing¹ co²	清楚		2
qiu¹ keb¹ mou⁴ dig⁶	超級無敵		11
sa³ dé¹ ngeo⁴ yug⁶	沙嗲牛肉	沙茶醬牛肉	7
san¹ cêng¹	閂窗	關窗	10
san² giu³	散叫	單點	7
seb¹ leb⁶ leb⁶	濕立立	潮濕、濕漉漉	10
sed⁶ zab⁶	實習		4
sei¹ tong¹	西湯	西式湯，一般是羅宋湯、忌廉粟米湯	7
sei³ lou²	細佬	弟弟	5
sei³ lou⁶	細路	孩子	3
sei³ mui²	細妹	妹妹	3
séi³ bou² mei⁵	四寶米	魚丸、牛丸、墨魚丸、魚皮餃米粉	8
Séi³ Qun¹	四川		4
sem¹ geb¹	心急	焦急	11
sen¹ fen² jing³	身份證		12
sen¹ fu²	辛苦		5
Sen¹ Ga³ Bo¹	新加坡		4
sen⁴ zou²	晨早	大清早	9
sên²	筍	優惠	3
sêng¹	箱		6
sêng¹ fung¹	傷風		11

粵語拼音	粵語	普通話釋義	課堂
sêng^{1} ping^{3}	雙拼	兩種燒味	7
séng^{2}	醒		2
séng^{4} go^{3} log^{6} sai^{3} ying^{4}	成個落晒形	憔悴、消瘦了很多	11
sêng^{5} géi^{1}	上機	上飛機	3
sêng^{5} tong^{4}	上堂	上課	1
seo^{1} gung^{1}	收工	下班	11
seo^{1} xin^{3}	收線	電話掛線	2
seo^{2} yun^{5} gêg^{3} yun^{5}	手軟腳軟	渾身無力	11
sêu^{2} gao^{2} ho^{2}	水餃河	水餃河粉	8
sêu^{2} tong^{4}	水塘	水庫	10
so^{2} xi^{4}	鎖匙	鑰匙	12
Sog^{3} Gu^{2} Wan^{1}	索罟灣		3
song^{2}	爽		10
sug^{1}	縮		12
sug^{6} dan^{2}	熟蛋	蛋黃煎熟的荷包蛋	7
sung^{1} fa^{3}	鬆化	酥脆	8
sung^{1} yun^{5}	鬆軟	軟糯	8
ta^{1} tiu^{4}	他條	優悠	4
tai^{3} yêng^{4}	太陽		10
tai^{3} yêng^{4} dan^{2}	太陽蛋	只煎一面的荷包蛋	7
tam^{3}	探	探訪	5
tam^{3} yid^{6}	探熱	量體溫	11
tan^{4}	彈	批評	8
tei^{4} zou^{2}	提早		9

粵語拼音	粵語	普通話釋義	課堂
ten^3 qi^4	退遲	延遲	2
tég^3 bo^1	踢波	踢球	11
téng^1 gin^3 wa^6	聽見話	聽說	11
teo^2 héi^3	抖氣	呼吸	11
teo^4 wen^4	頭暈		11
teo^4 xin^1	頭先	剛才	11
tib^3 sen^1	貼身		6
tid^3 da^2 yi^1 seng^1	跌打醫生	跌打醫師	11
tin^1 yem^1	天陰	陰天	10
ting^4 cé^1 cêng^4	停車場		9
to^1 ji^6 küd^3	拖字訣	用拖延的方法	9
toi^4	抬		6
tong^1 dei^2	湯底	湯頭	8
tou^3 can^1	套餐		7
tou^4 xu^1 gun^2	圖書館		1
tung^1 fen^2	通粉	通心粉	7
tung^1 gou^3	通告		9
tung^1 ji^1	通知		2
tung^4 go^3 ho^4 bao^1 deo^3 héi^3	同個荷包鬥氣	亂花錢，跟自己過不去	7
ung^2 hoi^1	㧬開	推開	4
wad^6	滑		6
wang^4 dim^6	橫掂	反正	7
wang^4 gai^1	橫街	小路	2

粵語拼音	粵語	普通話釋義	課堂
wang^{4} sou^{3}	橫掃		10
wed^{6} ded^{6}	核突	噁心、難看	10
wei^{2} yun^{4} wui^{2}	委員會		9
wei^{4} seo^{1}	維修		12
wei^{6} heo^{2}	胃口		11
wei^{6} zo^{2}	為咗	為了	4
wen^{1} xu^{1}	溫書	複習	1
wen^{2} zen^{6}	穩陣	穩當	12
wu^{1} zou^{1}	污糟	髒	8
wu^{4} jiu^{1} fen^{2}	胡椒粉		8
wu^{6} gog^{3}	芋角		8
wui^{4} seo^{1}	回收		12
wui^{6} so^{2}	會所		3
xi^{6} yeo^{4}	豉油	醬油	8
xi^{6} yed^{6} ng^{5} can^{1}	是日午餐		7
xing^{2}	醒	私下給好處	3
Xing^{3} Dan^{3} Jid^{3}	聖誕節		5
Xing^{4} Dou^{1}	成都		4
xiu^{1} mai^{2}	燒賣	燒麥	8
xiu^{1} ngo^{2}	燒鵝		7
xiu^{2} hog^{6}	小學		5
xu^{1} fug^{6}	舒服		6
xun^{3} kéi^{4} biu^{2}	船期表		3
yed^{1} bung^{6} eb^{1} méi^{6}	一碰噏味	一種霉味	10

粵語拼音	粵語	普通話釋義	課堂
yed1 dig6 fung1	一滴風	一點涼風	10
yed1 geo6 tan3	一舊炭	一塊煤炭	10
yed1 jun3	一轉	來回一次	12
yed1 sen1 hon6	一身汗		10
yed1 zég3 wun2	一隻碗	一個碗	8
yed1 zo6 leo2	一座樓	一棟大樓	9
yed6 teo2	日頭	白天	11
yêg6	藥		11
yem1 ngog6 wui2	音樂會		3
yen4 seng1 log6 cêu3	人生樂趣		8
yêng2	樣	樣子、模樣	5
yeo1 xig1	休息		11
yeo3 ji6 yun2	幼稚園	幼兒園	5
yeo4 coi3	油菜	水煮青菜	8
yeo4 gei1	油雞	醬油雞	7
yeo5 pai4	有排	有一段時間	10
yeo6 song2 yeo6 tim4	又爽又甜	又脆又甜	6
yi3 gin3	意見		9
yi5 ging1	已經		4
yi6 gung1	義工	志願者	4
yid6 héi3	熱氣	上火	4
yid6 sem1	熱心		4
yim4 zung6	嚴重		11
yin1	煙		12

粵語拼音	粵語	普通話釋義	課堂
yin⁴ geo³	研究		9
ying² hêng²	影響		11
ying⁶ deg¹	認得	認得出	11
yiu¹ gued¹	腰骨	脊骨	11
yu⁴ dan²	魚蛋	魚丸	8
yun¹ yêng¹	鴛鴦	奶茶混咖啡的飲料	7
Yung⁴ Xu⁶ Wan¹	榕樹灣		3
za¹	渣	渣滓	8
zab⁶ heb⁶	集合		3
zam² ha⁵ ngan⁶	眨吓眼	一轉眼	5
zan³ zo⁶	贊助		3
zeb¹	執	撿起、收拾	6
zeb¹ bin¹	側邊	旁邊	9
zeb¹ heng⁴ léi⁵	執行李	收拾行李	3
Zeg¹ Yu⁴ Cung¹	鰂魚涌		12
zei¹	擠	放、擺	6
zei⁴ zei²	囝囝	兒子	5
zem³	浸		10
zeng¹	憎	討厭	10
zêng¹ wu⁴	漿糊		8
zeo² bing¹	走冰	不要冰塊	7
zeo² fo² ging²	走火警	火警演習	12
zeo⁶ sêng¹	受傷		11
zong¹	裝	包裝、放袋子裏	7

粵語拼音	粵語	普通話釋義	課堂
zou^{2} can^{1}	早餐		7
zou^{6} gung^{1} fo^{3}	做功課	寫作業	5
zug^{1}	粥		8
zung^{1} tong^{1}	中湯	中式例湯	7
zung^{3} xu^{2}	中暑		10